나는 달에 갈 거다

나는 달에 갈 거다

엘리 테리 지음 이은숙 옮김

씨드북

양귀비보다 더 예쁘고,
중추절 보름달보다 더 밝고,
늦여름 오후 햇볕에 잘 익은 배보다
더 향기로운
브레야에게

목차

1부 * 가을

토요일 아침

옷장 서랍을 열었더니,
서랍이

텅 비었고
텅 비었고
텅 비었다.

아, 정말! 이제 더는 싫다.
옷장도, 빨래 바구니도,
침대 밑도 살펴본다.
“엄마?” 소리쳐 불렀으니 엄마도 들었겠지.
“내 옷 다 어디 갔어요?”

엄마는 대답이 없다,
그 말은 곧,

이사를 간다는 뜻.

행주

엄마는 거실에 있다.
눈은 부어서 반쯤 감겨 있고,
입은 앙다물고.
양말 한 아름을
갈색 이삿짐 상자에 쑤셔 넣는다.

"다 끝났어." 엄마가 말한다.
"가자." 엄마가 말한다.
"행주도 잊지 말고." 엄마가 말한다.

나는 길게 한숨을 내쉰다.
선생님한테
작별 인사도 못하겠지.
슬그머니 욕실로 들어가 문을 닫는다.
머리카락을 뽑는 걸
엄마가 보지 못하게.

내 머리카락

머리카락은
내 모습에서 내가 유일하게 좋아하는 것이다.
길고 곱슬곱슬한 금발.
아빠는 내 머리카락이
〈아름다운 미국〉*이라는 노래에 나오는
황금물결 같다고 하셨다.

그래서 나도
머리 가닥을 손가락으로
돌돌 감지 않으면 좋겠다.

　한 번 감고
　두 번 감아서

홱 뽑아 버리지 않으면 좋겠다.
아야.

엄마가 보지 못하게
머리카락을 변기에 흘려 보낸다.
한 번만 더 그랬다간
머리카락을
잘라 버리겠다고 하셨으니까.

* 〈아름다운 미국(America the Beautiful)〉은 미국인들이 애창하는 비공식 미국 국가다.

직구

내 개인 투수 코치인 토드 코치님이 야구공을 손가락으로 마치 쪼개버릴 것처럼 꽉 잡고 있다.

"투구를 배울 때 제일 중요한 게 직구다." 코치님이 말했다.

에이, 오늘 아침에는 커브 볼을 배우기를 바랐건만.

"직구를 빠르게 던지는 것만 제대로 배우면,"

코치님이 계속 말했다.

"선발 명부를 작성할 봄쯤에는 경쟁자들보다 한발 앞서 있을 거다."

그 말은 봄, 그러니까 리틀 리그 선발전까지 다섯 달이 남았다는 소리다. 더 빠르고 세게 던지는 법을 배우는 데 다섯 달이.

나는 내 친구들 덩컨 그레이와 나일 재크스와 함께 4년 동안 야구부에서 활동했다. 이제는 우리도 좀 더 큰물에서 놀아야 할 때다. 로열스 팀 같은 곳 말이다. 로열스 팀 애들은 진짜 끝내준다. 최고 중에 최고다. 그 아이들 대부분은 아마 내년엔 올스타 팀에서 뛰게 될 거다.

덩컨이랑 나일 그리고 나까지 모두 로열스 팀에서 뛰게 된다면 얼마나 좋을까. 문제는, 우리는 셋인데 남아 있는 포지션은 하나밖에 없다는 거다. (그 자리가 투수라는 소문이 있다.)

뒤도 돌아보지 않고

한곳에 머무를 수 있다면
얼마나 좋을까.
친한 친구를 사귀고,
그 관계를 유지할 만큼 오래 머무를 수 있다면.

하지만

엄마가
이상한 남자 친구들과 깨질 때마다,
우리는 번번이

  열쇠를 집어 들고
  차에 짐을 싣고
  떠난다.
  뒤도 돌아보지 않고.

그래서 오늘도 우리는
차를 타고
또다시
어딘지 모를 곳으로,
그저 먼 곳으로 간다.
늘 그랬던 것처럼,
도로에서 속도를 내면
자동차 바퀴들조차도 어지러워하고,
하얀 점선들은 마구 번져

하나의

긴

실선이 된다.

운전대를 꽉 잡은 엄마의 손이
느슨해지고,
엄마가 웃음을 되찾을 때라야
우리는 속도를 늦출 것이다.
그제야 차를 세우고
새 집을 찾을 것이다.
그곳이 어느 마을이든.

아침 식사

엄마가 내게
치즈 볼 한 봉지를 툭 던진다.
"먹어."

나는 인상을 쓰면서
봉지를 다시
엄마에게 던진다.

그 어떤 것도,
치즈가 발린 맛있는 치즈 볼조차
내 가슴속에 뻥 뚫린
구멍을 메울 수 없다.

그 구멍은
친구가 메워야 할 구멍이다.

바로 이곳

유타주, 세인트조지에서
우리는 멈췄다.

하늘은 찬란하게 푸르고
검붉은 언덕들에는
산쑥이 군데군데 자라 있다.

내가 보아 온 여느 마을들과 달리,
누군가가 물감 붓을 집어 들고
저녁노을에 담갔다가 그린 것만 같다.

그 근사한 물감 붓이
나를 숨 막히게 하는 이 뜨거운 기분도
싹 쓸어가 버렸으면.

새 이웃

거실 창문 쪽에 앉아 있는데, 늘 심심하고 따분한 아파트 단지의 주차장으로 조그만 노란 차가 들어섰다. 어떤 여자애가 조수석에서 내린다. 찢어진 청바지와 검정색으로 굵게 "나 좀 내버려 둬"라고 쓰인 빛바랜 파란 티셔츠를 입고 있다. 오후의 햇빛이 머리털에 반사되어 머리가 마치 반짝이는 황금 단지 같다. 우아, 저렇게 긴 머리를 한 애는 베아트리스 로페스 빼고 처음 본다. (게다가 베아트리스의 머리는 전혀 황금 단지처럼 보이지 않는다.)

그 여자애와 그 아이의 엄마인 것 같은 여자가 상자들을 들고 계단을 올라간다. 다시 내려와 짐을 옮기다가 그 애가 나를 발견하고 미소를 짓는다. 애초에 내가 창가에서 무엇을 하고 있었는지도 잊어버릴 만큼 예쁜 미소였다.

짐 풀기

옷들을 걸고,
침대에 바람을 넣고,
돌들을 꺼내 놓고,
한쪽 구석에
천문학 책들을 쌓아 둔다.
7분 만에 끝.

일상

엄마가 방에서 훌쩍거린다.
나는 엄마에게 가
엄마 허리를 감싸 안고
엄마의 눈물을 얼굴에 맞으며
엄마의 다짐을 듣는다.
언젠가는

잘생기고

그리고　재미있고
그리고　친절하고
그리고　무엇보다도

경제적으로 안정된
사람을 만날 거라는 다짐을.

둘이 벌면
수입도 두 배가 될 거라며.

수건들

엄마가 눈물을 훔친다.
“짐 마저 풀고,
저녁 먹자.”

나는 목욕 수건이 든 상자를 연다.
아, 이런……
샴푸 뚜껑을
닫지 않은 채로
거꾸로 세워서 짐을 쌌나 보다.

덕분에 수건이 샴푸로 범벅이 됐다.
그래도 좋은 건,
수건에서 햇볕에 잘 익은 배 향기가 난다는 것.

엄마가 손으로
관자놀이를 꾹 누른다.
“엄마는 나가서 저녁이랑 샴푸를 새로 사 올게,
너는 수건들을 빨아 둘래?”

나는 고개를 끄덕이며
죄송하다고 말한다.
엄마가 내 이마에 뽀뽀를 한다.
“사랑한다, 우리 귀염이.”

저녁을 먹고 나서

새로 이사 온 여자애가 수건이 든 바구니를 끌어안고 터덜터덜 계단을 내려간다. (어쩌다 보니 나는 이번에도 창문 옆에 앉아 있다.) 아파트 주민들이 공동으로 사용하는 세탁실로 가고 있다.

얼른 내려가서 그 아이를 만나 봐야 할 것 같다. 어쨌든 블랙리지 중학교 학생회장으로서 전학 온 친구를 맞이하고 돕는 게 내 임무이기도 하니까.

나는 양말 바람으로 미끄러지듯 내 방으로 달려가서 방바닥에 나뒹굴고 있는 지저분한 옷가지들을 그러모았다.

"세탁실 갔다 올게요!"

나는 소리치고 현관으로 향했다. 남동생 종린이 나를 따라왔지만, 나는 걔보다 빨리 세탁실에 도착해서 문을 얼른 닫아 버렸다.

야구 티셔츠

어떤 남자애가 세탁기
뚜껑을 들어 올린다.
계속 나를 흘깃흘깃 쳐다보면서
자기 옷을 집어넣는다.
대부분 야구 티셔츠인 것 같다.
그 아이가 지금 입고 있는 옷이고,
우리 아빠가 입던 옷이다.
모든 것이 바뀌기 전,
토요일 아침마다 아빠가 입던 옷.

14

“내 이름은 캘리야.” 내가 말했다.
“14호로 이사 왔어.”

그 남자애는 뚜껑을 쾅 닫고
　　시작 버튼을 누르고
계피색 눈으로
날 보며 웃는다.

배

캘리는 내 또래로 보였다. 그 아이한테서는 달콤한 배 향기가 났다. 내가 제일 좋아하는 과일이다. 나는 깊게 숨을 들이마셨다, 하아.

"옆집에는 진송이란 애가 살아."

내가 말했다. 이런 멍청이!

"그러니까, 내가 진송이야. 15호에 살아. 근데, 넌 몇 학년이니?"

"7학년. 너는?"

"나도."

그 애가 폴짝 뛰어올라 세탁기 위에 걸터앉았다. 머리카락이 너무 길어서 엉덩이 밑에 깔렸다. 그 애는 손으로 부채질을 했다.

"여기는 늘 이렇게 화산 꼭대기보다 더 덥니?"

내가 소리 내서 웃었다.

"그나마 좀 시원해진 건데. 몇 주 전에는 섭씨 45도까지 올라갔어."

그 애는 고개를 절레절레 젓는다.

"진짜 끔찍하다."

"익숙해질 거야."

"그래, 그렇겠지."

그 애가 미소를 지었다.

그 애는 윙크를 하고 입술을 오므려 앞으로 쭉 내미는 짓을 계속했다. 누구에게 입맞춤이라도 하려는 듯이. 너무 자주 그러니까 그 애가 나를 좋아한다거나 뭐 그런 게 아닌가 하는 생각을 하지 않을 수 없었다. (좋다.)

투렛 증후군

네 살 즈음에
엄마는 내가
'별난 짓'을 너무 많이 한다고 했다.
엄마 말이다, 내 말이 아니라.

손끝에 피가 나도록 손톱을 물어뜯고,
늘 똑같은 순서를 따라 음식을 먹고,
모든 것에 대해서
걱정하고
걱정하고
걱정하곤 했으니.

2학년 때 처음 틱이 시작됐다.

    코를 씰룩거리고
    팔에 뻿뻿하게 힘이 들어가고
    입을 다문 채 조용히 콧소리를 냈다.

크게 나쁠 건 없었다.
남들이 알아챌 만한 건 없었으니까.
그런데 지금은
투렛을 숨기기가 힘들다.
하지만 노력해야 한다.
새 친구를 사귀려면.

노력해야 한다.

일요일에 텔레비전을 보다가

엄마가 가위를 집으려고 손을 뻗을 때까지도
나는 내가 머리카락을
돌돌 감아서 뽑고 있는 줄 몰랐다.
“그래, 귀염아.
이참에 요 문제를 해결해야겠어.”
엄마가 앞에 있는 종이 상자를 톡톡 두드린다.

안 돼요! 제발.
머리카락을 자를 바에야
차라리 내 팔을 잘라요!

나는 엄마 말을 못 들은 체하고
텔레비전 화면만 뚫어지게 쳐다본다.
하지만 엄마가 서서 기다리고 있었고,
엄마를 슬프게 하고 싶지 않았다.
이미
너무 많이 운 엄마가
또 울 것만 같아서.

나는 억지로 일어나
종이 상자 위에 털썩.
엄마가 내 소중한 황금물결을
싹둑싹둑, 뭉텅뭉텅, 쓱쓱 잘라 내는 동안
꼼짝 않고
가만히

가만히
가만히.

짧아진 머리

옆집 새 이웃
진송의 머리만큼 짧아진 머리.
진송은
남자잖아.

난
남자가
아니란
말이야.

나는 치마도 좋아하고
꽃과 레이스도 좋아하고
가슴도 봉긋하다고.

그렇다고.

사라진 머리카락

나는 눈물을 꾹 참고 일어서서
발 아래 사방에 널린
곱슬곱슬한 내 머리카락을 본다.
황금빛 피가 고인 웅덩이 같다.

아침

엄마는 새로운 머리 모양 덕분에
　　머리를 풍성하게 만들거나
　　틀어 올리거나
　　머리카락을 뽑을 일도 없을 거라고 하신다.

머리 손질이 쉬워서
아침 시간도 절약될 거라고 하신다.
엄마가 토스트를 구울 동안
빗으로 한번 쓱 빗기만 하면 된다고.

내 생각엔 머리가 짧아서
이젠 앞머리로 가릴 수도 없으니,
머리 빠진 부분만 더 도드라질 것 같다.
하지만 엄마에게 굳이 말하지 않는다.
아침에 시간이 더 필요한 건 엄마다.
알람을 몇 시에 맞춰 놓든
엄마는 늘 늦는다.

월요일 아침 학교에서

나는 여러 문들을 재빨리 지나쳐 곧장 강당으로 향했다. 1교시 종이 울리기 전까지 아이들이 시간을 보내는 곳이다.

여자애들 몇몇이 내 이름을 불러서 뒤돌아봤더니, 내가 보자마자 자기네들끼리 까르륵거린다. (여자애들은 진짜 이상하다.)

잠시 서서 다른 아이들과 하이파이브를 하다가 마침내 우리 패거리를 찾았다.

"진, 안녕!"

덩컨이 말했다. 덩컨과 나는 서로 손을 맞잡고 어깨끼리 부딪으며 인사했다.

그리고 돌아서서 나일과 서로 주먹을 부딪는다.

"진송, 별일 없냐, 친구?"

나일이 말했다.

나는 어깨를 으쓱했다.

"어, 별일 없어."

이웃집으로 이사 온 캘리에 대해서 말하고 싶었지만, 오늘부터 학교에 오는 건지 아닌 건지 몰라서 가만히 있었다. 오늘 오면 좋겠다.

블랙리지 중학교

나는 열 번째 새 학교 건물 앞에
서 있다.
세일러 옷깃과 새빨간 테두리가 둘린
구닥다리 꽃무늬 원피스를 입고서.
괴상하기 짝이 없지만
틱을 감추는 데는 도움이 될 거다.

엄마는 '딱정벌레 차'로도 알려진
폭스바겐 자동차의 창문을 내리며 말한다.
"참, 그리고 그건 아무한테도 말하지 마."

"투렛?
알았어요, 엄마. 저도 알아요.
다녀올게요."

엄마가 뽀뽀를 날리고
나는 내 볼에 뽀뽀를
받는 시늉을 한다.
언제나처럼.

나는 커다란 양쪽 여닫이문으로 천천히 다가간다.
다섯을 세면서 숨을 들이마시고,
다시 다섯을 세면서 내쉰다.

엄마는 새로 얻은 직장,
로사멜리아 꽃집에 가야 한다. 이미 늦었지만 말이다.

그래서 혼자 행정실로 가서
등록에 필요한 서류를 받는다.

이름표에
리버스 선생님
이라고 쓰여 있는 여자 분이
다이어트 콜라를 내려놓고,
활짝 웃으면서
나에게 시간표와
조그만 분홍색 쪽지를 건네주신다.
쪽지에는 이렇게 쓰여 있다.

이름: 칼리오페 스노우

학년: 7학년

학급: 203호 (담임: 칸)

스노우

스노우.
스노우.
스노우.
스노우.

스노우가
아빠를 앗아가 버려서,
이제 누가
내 이름을 부르면
나를 놀리는 것 같다.

203호로 들어가기 전에

나는 가방을 뒤져 행운의 펜을 찾는다.
쪽지에 쓰인
성을 바꾸려고.

꾹 눌러 쓰는데
펜이 안 나온다.

대신 쓸 연필을 찾고 있는데,
칸 선생님이 유리문으로 나를 보시고는
들어오라는 손짓을 하신다.

나는 문을 열고 들어가
온통 낯선 아이들
앞에 섰다.

바로 그때
틱이 나타났다.

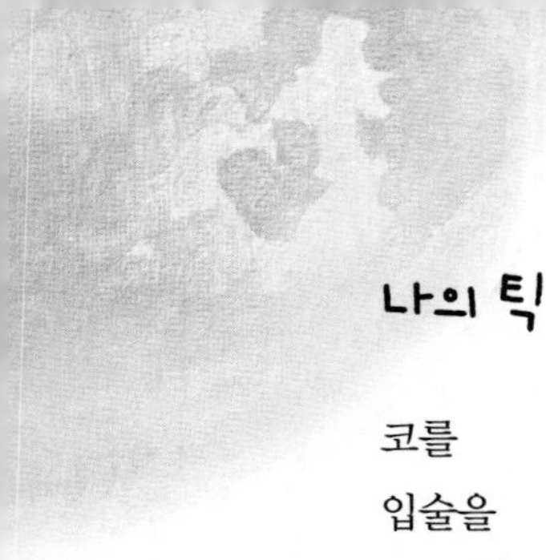

나의 틱 증상

코를 찡그리고
입술을 오므리고
눈동자를 위로 굴리고
목청을 흠흠 가다듬고
손은 짝짝 손뼉을 치고
발을 동동 구른다.

숨기기엔 너무 많아.

어떻게 된 일이지?

1교시, 캘리가 발을 헛디딘 듯 휘청거리며 칸 선생님의 교실로 들어섰을 때, 나는 놀라서 의자에서 떨어질 뻔했다. 대체 머리에 무슨 짓을 한 거지? 지난번에 봤을 때는 머리가 길어서 깔고 앉을 정도였는데, 지금은 귀까지 훤히 드러나 보인다. 괜찮다. 나는 상관없다. 그래도 그 애는 여전히 예뻤으니까. 그저 전혀 다른 사람 같아 보였을 뿐이다. 그런데 입고 있는 옷은 대체 왜 저래? 왜 저렇게 손뼉을 치고 발을 구르는 거지?

덩컨이랑 나일이 뭐라고 생각할지 뻔하다. 벌써 이상한 애라고 쑥덕거리는 소리가 들려온다. 히죽히죽 웃는 얼굴도 보였다. 한 가지 확실한 건, 덩컨과 나일에게 내가 캘리를 안다고 말하지 않을 거라는 사실이다.

캘리의 눈이 교실을 둘러보다가 내게 멈췄다. 캘리가 웃는다.

아이쿠.

나는 책상 위에 있던 연필을 슬쩍 밀어 떨어뜨렸다. 그리고 아주 천천히 주우며, 우주에 대고 마음속으로 빌었다. (캘리가 더는 나랑 같은 수업을 듣지 않기를.)

환영

제발 스물일곱 쌍의 눈동자가
내 머리가 아니라
내 옷을 봐 주기를.

칸 선생님이 손을 내미신다.
“자아, 누가 새로 왔나 볼까?”

나는 쪽지를 건넨다.
선생님이 쪽지를 보지 않으시기를 바라며,
“캘리 준이에요”라고 거짓말을 한다.

선생님이 윙크를 하며
“블랙리지에 온 걸 환영한다”고 하신다.

성

사실
내 성은 준이 아니다.
성은 아빠의 성에서 따오는 것이지만,

우리 아빠는
없다.

내가 겨우 세 살 때, 아빠는 떠났다.
엄마와 나, 달랑 둘만 남겨 두고
떠났다.

6월의 어느 날

아빠에 대해서 기억하는 건 별로 없다.

같이 놀던 건 기억난다.
    마당에서 놀았다.
뜨거운 여름날
아빠랑 나, 단둘이서.

그리고 뛰어다녔던 것도 기억난다.
    스프링클러 사이를 뛰어다녔다.
온몸이 흠뻑 젖을 때까지
깔깔거리며
계속해서.

그리고 오렌지 맛 막대 아이스크림을 나눠 먹었다.
    야외 난간에 걸터앉아 먹었다.
차가운 과즙이
우리의 턱과 목으로 뚝뚝 흘렀다.

그리고 아빠가 두꺼비를 잡아 주었다.
    제일 잘생긴 놈으로.
내가 잡아 볼 수 있게 치마 위에 놓아 주었다.
그리고 나서 아빠는 손으로 내 머리카락을
빗어 넘기며
사랑한다고 말했다.

자기소개

칸 선생님이 나더러
자기소개를 하라고 하신다.
그럴 줄 알았다.
선생님들은 항상 그러시니까.
하면 할수록 더 싫어지는 일.

"저는 음, 저는
솔트레이크시티에서 왔어요."

목소리가 모기 소리만 하다.
하지만 어쩔 수 없다.
이 촌스러운 카펫이

나를
통째로
삼켜 버렸으면.

중간 자리

칸 선생님이
내가 드린 쪽지를 슬쩍 보신다.

안 돼!

"여러분, 칼-리-오프 스노우예요."
선생님이 내게 윙크를 하신다.
"내가 맞게 발음했니?"
나는 고개를 젓는다.
얼굴이 빨개지는 것 같다.
내가 이름을 말할 때 안 들으신 건가?
"그냥 캘리예요." 이렇게 말한 다음, 잽싸게 덧붙였다.
"성은 준이고요. 스노우가 아니라. 준."

"준이라……." 선생님이 중얼거리신다.
"자, 이제 학기 중반이 되었으니까
자리를 바꿔야지."

모두가 일어나
자기 짐을 들고
바뀐 자리를 찾아가면서 구시렁댄다.
칸 선생님이 아이들에게
베아트리스의 자리를 남겨 놓으라고 일러 주신다.
누군지 몰라도
오늘 결석한 아이다.

나는 뒤쪽 자리,
옆집 아이
진송의 옆에 앉았으면 좋겠다.
아니면 의자가 부서져 있는 구석 자리에.
껍질 속에 숨는 거북이처럼
나도 숨어 버릴 수 있다면 얼마나 좋을까.
하지만 칸 선생님이 비어 있는 자리를 가리키신다.
교실 딱 중간에 있는 자리를.

쓰레기통

캘리가 발끝으로 조심조심 식당으로 들어오더니 아무도 앉지 않는 쓰레기통 옆에 앉는다. 아무도 그 자리에 앉지 않는 이유를 모르는 것 같았다. 누가 구역질 나는 미트로프* 냄새를 맡으면서 밥을 먹고 싶겠는가? 혼자 앉지도 않았으면 했다. 그렇다고 해서 덩컨이랑 나일과 같이 앉아 있는 우리 식탁에서 먹어도 된다는 말은 아니다, 절대.

아는 여자애들이 점심 줄에 서 있는 것을 보고 좋은 생각이 났다. 나는 의자를 밀고 일어섰다.

"금방 올게. 점심 버려 버리려고."

내 말에 덩컨과 나일이 정신 나갔냐는 듯이 쳐다봤다. (어쩌면 진짜 정신이 나간 걸 수도.)

나는 쓰레기통으로 가서 식판에 담긴 음식을 천천히 긁어내렸다. 입에도 대지 않은 점심이었다.

"이봐, 이봐."

캘리가 어깨 너머로 나를 발견하고는 엄청 크게 말한다.

"어머, 진송, 안녕!"

나는 누가 보는 사람은 없는지 눈으로 식당을 쓱 훑었다.

"있잖아."

내가 재빨리 말했다.

"다른 데로 가. 쓰레기통에서 멀리 떨어져. 쓰레기통에서…… 병균이 옮아."

"병균이 옮는다고?"

"어, 그래, 음…… 손이나 발, 입으로."

캘리가 역겹다는 표정을 지었다.

"윽, 진짜?"
나는 또다시 식당 안을 훑었다.
"그래, 진짜야. 저쪽 식탁으로 옮겨."
나는 아이비 앤드루스가 앉아 있는 식탁을 턱짓으로 가리켰다. 캘리가 인기 있는 애랑 친해지면 덩컨이나 나일도 캘리가 이상한 애라고는 생각하지 않겠지. 그러면 나도 괜히 캘리를 모르는 척할 필요도 없고.
캘리가 식판을 들었다.
"그래, 알려 줘서 고마워!"
"응."
나는 서둘러서 덩컨이랑 나일이 있는 자리로 돌아왔다. 누가 본 것 같진 않았다.

* 다진 고기에 달걀, 야채 등을 섞어 빵 모양으로 구운 요리를 뜻한다.

아이들에게 둘러싸여서

이 깔깔거리는
여자애들이
내 옆에
앉지 않기를 바랐건만.

그 아이들은 머리 모양과
　　치아와
　　가방과
　　옷이
모두 다 똑같다.

심지어 하고 있는
목걸이도 똑같았는데,
식당의 눈부시게
　　하얀
　　불빛 아래서
반짝반짝거린다.

　　아이비
　　헤이즐
　　귀네스
먼저 이름을 말해 주는 것을 보니
좋은 애들인 것 같다.
하지만 바로 그때
심문이 시작됐다.

개구리

아이비는 왜 내가
1910년대 옷을 입고 있는지 궁금해했다.

나는 어깨를 으쓱하면서
사과 소스를 한 숟가락 가득 떠서
입으로 넣었다.
이렇게 설명하는 대신.

　　너희들이 이 옷을 보느라고
　　내 틱에는 관심을 안 가졌으면 좋겠거든.

　　그리고 말이야,
　　이건 1910년대가 아니라 1940년대 스타일이야.

헤이즐이라는 아이가
우유를 식탁에 내려놓으면서 말했다.
"아침에 네가 내는 소리를 들었는데 말이야.
꼭 개구리 소리 같았어."

아, 이런,
제발 묻지 마.
그 소리에 대해선.
<u>크르르르르르록</u>, <u>크르르르르르록</u>
　　아휴!
그 생각을 하면
꼭 그런 소리를 내게 된단 말이야.

귀네스가 나를 가리키며 말했다.
"그 소리를 낸 사람이 너였구나!"
아이들이 웃는다.
아이들은 내가 이상하다고 생각한다.

아무래도
　　웃이
　　　　별 효과가 없었나 보다.

울고 싶지만
사과 소스를 한 입 더 떠 넣으며
울음을 꾹 삼킨다.
내일은 그냥 쓰레기통 옆에 앉을 거다.

이럴 때 저럴 때

어떨 때는 틱이
부드럽게 속삭이는 것 같다.
어떤 일을 하라고 하고
　　어떤 말을 하라고 시킨다.
그럴 때면 온 힘을 다해서
참을 수 있다.
　　잠시 동안은.

하지만 또 어떨 때에는 틱이

고함을 지른다!

너무나 큰소리로 강력하게 밀어붙여서
못 하게 하려는
희망조차 가질 수 없다.

실제 크기

5교시 미술 수업,
다행스럽게도
에인슬리 선생님은 나한테
자기소개를 시키지 않으셨다.
수업 시간 거의 내내
자화상을 그리는 방법에 대해서 설명하셨다.
선생님은 오래된 석고상의 머리나 어깨들을 그리는 게 아니라
우리 자신을 그리기를 바라셨다.
"여러분이 자기 자신을 보는 그대로,
머리부터 발끝까지, 실제 크기로 그려 보세요."

선생님이 철제 캐비닛을 열어서
베아트리스라는 여자애가 그린 거의 완성된
자화상을 꺼낸다.
오늘 결석했다던
그 베아트리스.

에인슬리 선생님이
교실을 돌아다니면서
우리에게 일일이 다 보여 주신다.
"베아트리스는 정말 뛰어난 예술가야, 그렇지?
베아트리스가 집에서 가지고 온 건데,
수업 시간에 해 볼 만한
아주 훌륭한 과제라고 생각했지."

4월 1일까지 제출하면 되니까
시간은 아직 충분하다.

곰곰이 생각하고
스케치하고
색칠할 시간이.

또 다른 나

자화상을 보면
베아트리스는 나보다 훨씬 키가 크고,
진갈색의 머리칼이 등 뒤로 풍성하게 늘어져 있다.

나는 내 등을 떠올린다.
지금은 얼마나 허전한지.
어깨를 감싸 줄 머리도 없고,
나를 따뜻하게 해 줄 게 아무것도 없다.

선생님에게 지금 당장 말할 수 있으면 좋겠다.
이 과제를
하고 싶지 않다고. 이미 여기 다른 나 하나가 있다고.

또 다른 내가
왜 필요할까? 짧은 머리에 잔뜩 위축된 얼굴을 한
조용한 여자애가?

이상한 애

학교가 끝나면 덩컨과 나는 자전거를 타고 나일네 집으로 간다. 나일 집 옆에 야구장이 있어서 항상 거기서 연습을 한다.

내가 막 직구를 던지려고 와인드업을 하는데, 덩컨이 캘리 얘기를 꺼냈다.

"걔처럼 몸을 막 휙휙 움직이는 사람 본 적 있냐?"

나일이 킥킥 웃었다.

"그렇게 옷 입은 사람은 본 적 있고? 야, 걔 완전 특이해."

아이들이 나를 쳐다봤다.

나는 얼어붙었다.

"야, 너도 걔 봤지?"

덩컨이 물었다.

"어."

내가 침을 꿀꺽 삼키고 말했다.

"진짜 이상하더라. 교실에서 넘어질 뻔했던 거는 봤냐?"

둘이 낄낄댔다.

나는 글러브에 공을 팡팡 던졌다. 상한 우유를 잔뜩 마신 것처럼 속이 울렁거렸다. 나는 다시 직구를 던지려고 와인드업을 했다. 이번에는 가능한 한 세게 덩컨 쪽으로 거칠게 던졌다.

걷기

이 붐비는 거리를
걸어서 집으로 가고 싶지 않다.

그것도 혼자.

미성년자에게 일어날 수 있는
나쁜 일은 수없이 많다.

혼자

걸어서
집으로 가는 미성년자에게.

가끔씩 뉴스에 얼굴이 나기도 한다.
이런 문구를 달고.

저를 보신 분 있나요?

10번

치과를 지나다가
보도에서
빨간색 사암을 우연히 발견했다.

하나를 집어서
가방에 넣는다.

집에 가서
내 수집품 10번 자리에
넣어야겠다.

돌 수집품

갖고 있는 물건들이 많진 않지만
나는 돌을 수집한다.
오래된 달걀판 안에 넣어서.

농장 직송 계란 12개

겉면에는 저렇게 쓰여 있고,
안에는 하얀 솜뭉치 위에 돌이 하나씩 놓여 있다.
내가 살던 곳들을
또렷하게 상기시켜 주는 것들.

새로운 돌을 넣을 때마다
이것이 마지막이기를 빈다.

중국 격언

나일네 부엌에 앉아서, 나일과 덩컨이 치리오스 시리얼을 겨드랑이 털에 누가 더 많이 끼울 수 있는지 내기하고 있는 모습을 보고 있자니, 할아버지가 즐겨 말하시던 격언이 생각났다.

"자기보다 나은 친구를 사귀어라."

로사멜리아 꽃집

새 아파트로 가는 대신
일곱 블록이나 더 걸어서
엄마가 일하는
로사멜리아 꽃집으로 간다.

매일 밤 집으로 돌아온 엄마한테서 나는 향과
똑같은 은은한 꽃향기가
공기 중에 떠돌아서
가게에 도착하기 한참 전부터
내 코를 간질인다.

나는 오른손으로
　　문을 열고
왼손으로
　　문이 계속 왔다 갔다 하지 않게 잡는다.

엄마는 결혼식 부케를 만드느라 바빠서
내가 들어서도 쳐다보는 둥 마는 둥.

"엄마, 안녕."
내가 가방을 의자 위에 올려놓는다.

"어머, 귀염이구나." 엄마가 말했다.
"가방 좀 치워 줄래?
그 의자를 써야 해서 그래."

나는 다시 가방을
어깨에 걸치고
손가락으로 계산대만 톡톡톡.

그거 잘됐네요

"첫날인데, 어땠어?" 엄마가 묻는다.
엄마는 줄기가 긴 하얀 장미 다발을 들고
잎을 다듬는다.

"첫 날만 열 번째인 오늘 말이죠? 괜찮았어요.
건물도 좋고, 그리고…… ."

"아, 맞다!" 엄마가 내 말을 끊는다.
"오늘 가게에 왔던
남자 이야기를 해 줘야겠구나."

가방이 어깨에서 맥없이 흘러내려
바닥으로 쿵 떨어진다.
한곳에 정착할 수 있을지도 모른다는 희망이
내 가슴에서 활개를 치며 날아가 버리는
기분이다.
일하는 첫날부터 엄마가
새로운 남자를 찾는 건 봐주자.
그 남자의 전화번호만 안 받으면 좋으련만.

가게 앞문의 벨이 딩동 울리며
빨간 깃털로 장식한 모자와 보라색 드레스를 입은
여자들이 잔뜩
걸어 들어온다.

엄마는 가위를 내려놓고

서둘러 앞문으로 가서
그 사람들을 맞는다.

나만 혼자 남겨 두고.

빨간 꽃

나는 의자에 앉는다.
엄마가 내 가방을 올려놓지 말라고 했던
그 의자에.

엄마가 다듬던 꽃을 찬찬히 들여다본다.
꽃들이 완벽하게 똑같다.

　　크기도
　　모양도
　　색깔도.

심지어 꽃들이 담긴 꽃병의 색깔도 똑같다.
마치 스노- 스노-
아니, 그 단어는 말하지 않을 거다.

가게 다른 편에 있던
꽃 한 송이가 눈에 들어왔다.
가운데는 까맣고 꽃잎은 빨간 것이
리본과 노끈에 묶인 체로
한쪽에 놓여 있다. 그 꽃이

잊혔다는 것은

어렵지 않게 알 수 있었다.

가장자리는 말리고
꽃잎은

접혀 있었다.

나는 꽃이 있는 곳으로 걸어가
조심스럽게 들어서
백지처럼 하얀 꽃병에
눈부신 장미들과 함께 꽂았다.

"자, 여기가 네 집이야.
이제 마음껏 마셔."
내가 속삭였다.

이것들은 장미야

엄마가 가게 안쪽으로 돌아온다.
엄마가 꽃병을 보고는
잠깐 숨을 멈춘다.
"어머…… 아냐, 아냐, 아냐."
엄마는 빨간 꽃을 확 뽑아서
계산대 아래에 있는 통 속으로 던져 버린다.
"칼리오페, 네가 이랬니?"

내가 겨우 목소리를 낸다. "네."

"저건 양귀비잖아." 엄마가 말한다.
"시들어 죽어 가고 있어서요." 내가 말한다.

우리는 서로를 쳐다본다.

"그래, 그래도 이것들은"
엄마가 꽃병 위에서 손을 빙빙 돌리며 말한다.
"장미잖아."

내가 눈을 끔벅이며 물었다. "그래서요……?"

"음 뭐랄까, 양귀비는 장미랑은 안 어울려."
"아, 죄송해요." 나는 인상을 찌푸린다.

생강 맥주

문을 열고 들어서자마자, 엄마가 내게 생강 맥주*를 사 오라고 심부름을 시켰다. 아기를 가지고 나서 엄마는 생강 맥주를 달고 산다. 생강 맥주를 마시면 입덧이 진정된단다. 어휴, 사실, 엄마가 '진정된다'라는 말을 쓰는 건 좀 웃긴 일이다. 엄마는 생강 맥주를 마시든 안 마시든 하루 종일 울렁거린다고 말하기 때문이다.

나는 자전거를 타고 몇 블록을 가서 놀런 수퍼마켓으로 들어가, 곧장 음료수 판매대 쪽으로 향했다. 바나나 판매대를 끼고 모퉁이를 막 돌다가, 그만 베아트리스 로페스와 부딪히고 말았다. 그 바람에 베아트리스가 팔에 안고 있던 물건들이 날아가서 바닥으로 떨어졌다.

"고맙기도 하셔라."

베아트리스가 비아냥댔다.

"미안."

나는 이렇게 말하면서도 남아서 줍는 걸 도와줘야 하나, 아니면 학교 애들 누가 보기 전에 가 버려야 하나 고민했다.

"엄마는 좀 어떠시니?"

베아트리스가 물었다. (아무래도 남아서 도와줘야 할 것 같다.)

"별루야."

나는 허리를 굽혀서 여기저기 흩어진 물건들을 주웠다. 떨어진 물건들이 가루로 된 오르차타**라는 걸 알고는 미소를 지었다.

아빠들이 대학 시절 룸메이트였기 때문에, 베아트리스와 나는 태어났을 때부터 아는 사이다. 우리는 함께 어울려 잘 놀았다. 무척 자주. 한번은 베아트리스 엄마가 우리를 방방 뛰면서 놀 수 있는 놀이방에 데려갔는데, 거기서 둘이 거의 네 시간을 놀았다. 그러고 난 뒤 우리는 오르차타를 만들었다. 오르차타는 시나몬 토스트 크런치***를 우유에 말아서 먹고 난 뒤에 남은 우유 같은 맛이 난다. 우리는 베아트리스의 엄마가 차를 만드는 것을 기다리기 싫어서 선반에 있던 가루로 된 오르차타를 타 먹곤 했다. 최고로 재미있던 날들이었다. 하지만 지금은 학생회 회의나 간혹 있는 두 가족 모임 때가 아니면 베아트리스와 어울리지 않는다. 가끔은 그때의 오르차타 시절이 그립다.

* 생강 맛을 첨가한 탄산음료로 알코올 성분이 없다.

** 찌그러진 땅콩같이 생긴 추파를 갈은 것에 설탕과 물을 넣어 만드는 스페인 음료다. 고소하면서도 쌉싸래하고 단맛이 난다.

*** 계핏가루를 뿌린 토스트 맛이 나는 시리얼이다.

돌 수집품 업데이트

1. 우리 집 뒷마당에서 주운 화강암(워싱턴주 스포캔)
2. 길에서 주운 초록빛이 도는 파란 돌(워싱턴주 리츠빌)
3. 오래된 강바닥에서 주운 조약돌(워싱턴주 왈라왈라)
4. 하이킹을 하다가 발견한 현무암(오리건주 베이커시티)
5. 선생님이 주신 부석* 조각(오리건주 벤드)
6. 놀이터에서 주운 자갈(아이다호주 보이시)
7. 공원에서 주운 석회암(아이다호주 포커텔로)
8. 옆집 마당에서 주운 용암석(유타주 로건)
9. 그레이트솔트호수의 소금 결정체(유타주 솔트레이크시티)
10. 치과 앞에서 주운 빨간 사암(유타주 세인트조지)
11.
12.

* 화산에서 분출된 용암이 갑자기 식어서 생긴 돌로 작은 구멍이 많이 나 있으며 가볍다.

이

자다가 한밤중에
심장이 뛰는 소리에 깼다.
쿵쾅
　　쿵쾅
　　　　쿵쾅!
옆이 싸늘한 느낌이 들어서
무섭다.

정신을 차리려고 머리를 흔든다.
꿈을 꾼 건가?
그래, 꿈이었구나.
꿈에서 나는
하얀 장미 꽃밭에서

　　자라고 있던
　　자라고 있던

빨간 양귀비였다.
내가 장미의 아름다움과
장미들이 하나같이 똑같은 것에 감탄하고 있는데,
장미의 완벽한 하얀 입에서
뾰족한 이가 생겨나더니
양귀비인
나를 보고

이를 북북 갈았다.
이를 북북 갈았다.

27쪽

아침이다.
언제나처럼 늦었다.
머리를 만질 시간도 토스트를 먹을 시간도 없다.

엄마가 차 시동을 건다.

"아, 이런, 잊어 먹은 게 있어요!"
나는 집으로 뛰어 들어가
가장 무거운 천문학 책을 꺼내서
27쪽을 펴고
조심스럽게 들어낸다.

양귀비다.

어제
엄마가 보고 있지 않을 때
'죽음의 통'에서 양귀비를 구해 냈다.

부엌에서 투명한 포장 테이프를 가져와
양귀비의 앞뒤에 붙여서
끈 달린 내 체크무늬 원피스의
앞주머니에 넣는다.

꽃말

빅토리아 시대에는
꽃들마다 뜻이 있어서
꽃을 주면서 마음을 전했다.

물망초는
나를 영원히
잊지 말아요라는 뜻.

분홍 카네이션은
정말
감사합니다라는 뜻.

엄마가 학교 앞에
차를 세웠을 때,
나는 온 마음을 다해서
빅토리아 시대에
양귀비가
용기를 뜻하는 꽃이었기를
바라고 또 바랐다.

험담

남자애들의 탈의실로 들어서니, 들려오는 소리는 죄다 이런 이야기들뿐이다.

"새로 온 여자애 옷, 완전 구리지."

"새로 온 여자애, 눈알을 막 위로 굴리더라."

"새로 온 여자애, 목구멍에서 오싹한 소리도 내."

다 사실이다. 하지만 그런 말들을 하는 걸 듣고 있으니 어쩐지 좀 불편했다.

나중에 보니, 아이들 여럿이 복도 음수대에 줄을 서 있었다. 캘리는 세 번째에 서 있었는데 전혀 앞으로 나아가지 못했다. 아이들이 계속 캘리 앞으로 끼어들었기 때문이다. 그 모습을 보니 1학년 때의 일이 생각났다. 내가 놀이터에서 놀고 있었는데, 한 아이가 나를 돌아보며 "너는 우리랑 눈 색깔이 달라"라고 말했다. 그래서 나는 중국인이라서 그렇다고 했지만, 그 아이는 아랑곳 않고 내가 미끄럼틀을 타고 내려가지 못하게 막았다.

매번

진송을 볼 때마다
그 아이는 나를 쳐다보고 있다.

　　칸 선생님 교실에서도
　　탈의실 옆에서도
　　계단에서도.

오늘 집에 갈 때
같이 갈 수 있는지 물어봐야겠다.
어쨌든
그 아이도 같은 길로 가야 할 테니까.

체육 시간에 잡아당기기

머리를 만지려고 손을 뻗었다가
아무것도 안 잡히자
엄마가 한 일이
생각났다.

돌돌 말 수도 없고,
홱 잡아당길 수도 없다.
너무 짧다.
그래서 나는 고른다.

긴 한 올을 골라서
2센티가 채 안 되는 머리카락을
손톱으로 꽉 잡는다.

하지만 이 느낌이 아니다.

돌돌 말아야 하는데.
돌돌 말아야 하는데.

"아악!" 내가 소리 지른다.
그러고는 두 손을 둥글게 모아
내 입을 틀어막는다.

악화

약물 치료를 한 적이 있다.
한 번
　　작년에
　　몇 달 동안.
그런데 약을 먹으니 졸립기만 한 탓에
걱정이 들었고
그래서 틱은 더

심해졌다.

엄마는 어차피
우리 형편에 약값은 부담이라고 했다.

학생회

그 생각을 떨칠 수가 없다. 심지어 점심시간 학생회 회의 시간에도 그랬다.

부회장인 제임스 매킨리가 캘리의 개구리 소리 때문에 수학 시험을 완전 망쳤다고 하자, 총무(학생회 절반을 협박하다시피 해서 얻은 자리)인 베아트리스가 등을 똑바로 세워 앉으며 관심을 보이기 시작했다.

"놓쳐서 아까워 죽겠네. 그 애 이름이 뭐라고?"

베아트리스의 얼굴에 짓궂은 웃음이 번졌다.

이런, 잘돼 가네. 앞으로 어떻게 되어 갈지가 눈에 선하다. 베아트리스가 캘리에게 관심을 보일 거라는 걸 알았어야 했는데. 엄마와 따로 살게 된 이후로 베아트리스는 블랙리지의 못된 코미디언이 되었다. 모두들 베아트리스가 재미있다고 생각하지만, 친구가 되고 싶어 하는 아이들은 없다. 그러니 베아트리스가 대부분 에인슬리 선생님 방에서 점심을 먹는 게 놀라울 것도 없다.

"야, 베아트리스?"

회의가 끝나고 내가 작게 말했다.

"다른 애들을 놀려 먹는 게 네가 세상에서 제일 좋아하는 일이라는 건 알지만 말이야. 그래도, 음, 내가 너라면 새로 전학 온 여자애 말고 다른 애를 택하겠어. 그 애, 가라테도 할 줄 안대."

베아트리스가 고개를 뒤로 젖히고 웃어 댔다.

"그래야겠네."

그러고는 갑자기 휙 돌아서서 쿵쾅거리며 문을 열고 나가 버렸다. 자기가 제일 잘하는 짓을 하러. (힌트: 새로 온 학생을 환영해 주는 일은 아님.)

도서관에서

손가락으로
책등을 훑으며
읽고 싶은 책을 찾고 있었다.

바로 뒤에서 목소리가 들려왔다.
"그 캔털루프*인가 뭔가 하는
여자애 알지?"

내 손가락이
닐 암스트롱의 전기에서 멈춘다.

다음 목소리가 묻는다.
"새로 전학 온 그 여자애?"

나는
무슨 말인지 들어 보려고
몸을 기울인다.

"응, 걔…… 좀 이상하지 않아?"

"괜찮은 애 같던데.
근데 눈을 자꾸 위로 굴리더라."

"내 말이! 완전 팔불출이지 뭐야.
캔털루프 준은
팔불출이야!"

* 껍질은 녹색에 속살은 오렌지색인 멜론이다. 칼리오페의 이름과 비슷한 발음이 나서 놀리려고 쓰는 말이다.

고개를 들어 봐

나는 감히 뒤돌아보지 못했다.
대신
서가를 돌아 반대편으로 가서
책꽂이에 꽂힌 책들 위로
두 여자애를 몰래 훔쳐본다.

금발에 안경을 쓴 아이는
모르는 얼굴이었지만,
다른 한 명을 알아볼 수 있었다.

　　베아트리스였다.

자화상에서 봤던 그 아이.
실제로는
자화상보다 훨씬 더 슬퍼 보이긴 했지만.

안경을 쓴 아이가 깔깔 웃다가
베아트리스를 툭툭 치며 묻는다.
"근데 팔불출이 무슨 뜻이야?"

베아트리스가 헉하고 놀라는 척을 한다.
"무슨 뜻인지 몰라?
음, 모르겠으면
네 고개를 들어 봐."

베아트리스가 '네' 라고 말하면서

책 너머로
흘낏 보았다,
　　나를.

캔털루프를.

사전

나는 사전을 찾아서
엄마가 남자 친구를 갈아 치우는 것보다 더 빨리
책장을 휘휘 넘긴다.

휘휘 계속 넘기다가
마침내 찾았다.
팔불출!

1. 몹시 어리석은 사람을 이르는 말.

목이 콱 막혔다.
턱이 덜덜 떨렸다.

“난 팔불출 아니야.” 나는 속삭였다.
아무도 듣지 않는데.

질문

마지막 수업이 끝나고 보니,
게양대 옆에 진송이 있다.
아이들은 소풍 나온 파리 떼처럼
진송을 둘러싸고 있다.

나는 코를 찡그리고
　　　　　머리를 흔들고
　　　　　　　　　입술을 쭉 내민다.

틱, 그만 멈춰.
나는 아이들이 몰려 있는 곳으로 당당하게 걸어가서
진송이 들을 수 있도록 목소리를 높인다.
"진송, 안녕?"

거의 모든 아이들이 돌아본다.
진송도
계피색 눈동자로 웃으면서.

"집에 나랑
같이 갈래?" 내가 물었다.
"혼자 가기 싫어서."

대답

덩킨과 나일이 웃음을 터뜨렸다. 배를 잡고 깔깔거리더니, 허벅지까지 때려 가며 웃어 댄다.

"아잉, 재 혼자 가기 싫대."

덩컨이 아기 목소리로 따라 하면서, 주먹으로 내 팔을 퍽퍽 쳤다. (녀석의 오렌지색 머리가 떨어져 나가도록 주먹으로 패 주고 싶다.)

나는 캘리에게서 눈길을 돌렸다. 캘리랑 같이 갈 수는 없다. 그랬다간 내 나이가 여든다섯 살이 될 때까지 놀림을 당할 거다.

"음…… 그게."

나는 욱신거리는 팔을 문질렀다.

"야, 진."

나일이 나를 돕겠다고 나섰다.

"너, 학교 마치고 나서 남기로 했잖아. 왜 그거…… 어……."

내가 손가락으로 딱 소리를 냈다.

"아 맞다! 그거…… 해야 되지."

나는 캘리를 보면서 어쩔 수 없다는 듯이 어깨를 으쓱했다.

"미안."

캘리의 입이 떡 벌어지고 눈가는 촉촉해졌다.

"아, 괜찮아."

캘리가 슬그머니 멀어져 갔다.

학기 초에 서명했던 학생회 회칙의 문구 하나가 갑자기 떠올랐다. **나는 모든 학생들의 친구가 되겠습니다.** 시큼한 우유 맛 같은 기분이 또다시 속에서 스멀스멀 올라왔다.

나는 덩컨과 나일이 그만 떠들고 집으로 가기만을 바라며 게양대 옆에 앉아 있었다. 그 애들이 하는 이야기는 듣고 있지도 않았다.

하나둘씩 버스가 학교 앞을 떠났지만 덩컨이랑 나일은 여전히 쉬지도 않고 떠들어 댔다. 나는 운동화를 툭툭 맞부딪치면서 배낭에 매달린 끈을 초조하게 만지작거렸다. 젠장! 왜 쟤들은 집에 안 가는 거야?

아이들이 모두 사라지고 나서야, 덩컨과 나일도 마침내 자전거 길에 올랐다. 나는 그 아이들이 페달을 밟고, 거리를 기어가는 두 마리의 검정 딱정벌레만큼 작아질 때까지 지켜보았다.

그러고 나서야 캘리를 따라잡으려고 마구 뛰었다.

아는 척하지 않고

한 무리의 아이들이
내 곁을 스쳐 지나간다.
어딘가로
급히 가느라
책가방이
엉덩이 위에서 통통 튄다.

새들도, 자전거도
심지어 스쳐 지나가는
이른 10월의
공기조차도
나를 아는 척하지 않는다.
텅 빈 아파트 말고는
그 어디에도
서둘러 갈 곳이 없는
여자애를 아는 척하지 않는다.

침투적 사고

가을 나뭇잎들,
노랗고 빨갛고 주황색인 나뭇잎들이
거대한 참나무에서
불붙은 숯덩이들처럼 떨어진다.

몇 미터 앞
주차장에서 빠져나온 보라색 트럭이
도로 위를 달린다.

뜬금없이
끔찍한 장면이 머릿속에서 펼쳐진다.
　　침투적 사고다.
열 살 때 학교 심리 상담 선생님이
말해 주신 심리학 용어.

이 생각들이 나래를 펼치면 나는 공포에 빠진다.
나도 안다.

그것들이
　　진짜로 일어나는 일이
　　　　아니라는 것을.

　　보라색 트럭이 후진하면서
　　범퍼에 내가 부딪힌다.
　　내 몸이 슈퍼 히어로처럼 공중으로 붕 치솟는다.
　　다만 나는 슈퍼 히어로가 아니니까

절대로 떨어지지 않는 슈퍼 히어로와는 달리
땅으로 떨어져서
몸이 도로까지 데굴데굴 굴러가고
운전자는 차에서 뛰어내려
소리를 지르며 도움을 청한다.
내 몸은 욱신거리고,
손은 피투성이이고…….

좋은 친구

"어이."
누가 내 얼굴 앞에서 손을 흔든다.
"캘리?"

나는 눈을 깜빡이며, 초점을 맞춘다.
"아! 진송이구나. 안녕."

나는 깊게 숨을 들이마시고, 내뱉는다.
절대로 일어나지 않을 일이었다고 혼잣말을 한다.
전부 다.
나는 괜찮다. 나는 안전하다.
"근데, 여기서 뭐 하고 있는 거야?" 내가 물었다.
"할 일이 있다고 했잖아."

진송이 어깨를 으쓱한다. 숨이 턱까지 차서.
"응, 이제 끝났어.
너 따라잡으려고 막 뛰어온 거야."

"날 따라잡으려고 뛰어왔다고?"
나는 미소를 숨길 수가 없다.
"넌 진짜 좋은 친구야, 진송."

그래, 맞아

캘리가 날더러 "진짜 좋은 친구"란다. 사실은 완전 헛다리 짚은 거다. 나는 엄청 비열하고 한심한 놈일 뿐이다. (머저리와 동급으로 최악임.)

은퇴한 섬너 선생님이 길 건너편 현관에서 화분에 물을 주고 계셨다. 선생님이 나를 보고 손을 힘차게 흔드신다.

"진송, 잘 지내니?"

나도 손을 흔들어 답했다.

"안녕하세요, 섬너 선생님."

선생님이 캘리를 보고 눈을 가늘게 뜨신다.

"아."

내가 캘리를 손으로 가리켰다.

"얘는 캘리예요."

선생님과 캘리가 서로 손을 흔들어 인사했다.

나는 캘리가 입고 있는 그 이상한 치마와 셔츠에 눈이 갔다.

"그런데, 옷은 왜 그래?"

캘리는 바닥에 난 금을 밟지 않으려 애쓰면서 여전히 보도에 시선을 계속 고정했다.

"옷이 옷이지 뭐. 사람들이 입는 거."

나는 킥킥 웃었다.

"그렇지, 근데 아무도 그런 옷은 안 입잖아, 요즘에는. 그러니깐, 뭐 괜찮긴 한데 말이야."

나는 거짓말을 했다.

"그래도 학교에 어떤 애들, 다른 애들은…… 그 옷이, 좀…… 웃긴다고 생각하지 않을까?"

왜 의문형으로 말이 튀어나왔는지는 나도 모르겠다.
캘리가 활짝 웃는다.
"바로 그래서야."
나는 걸음을 멈췄다. 농담이겠지.
"사람들이 네 옷에 주목하기를 바란다고?"
캘리는 여전히 미소를 띤 채로 팔짱을 꼈다.
"비밀 지켜 줄 수 있어?"
물론이다.
"응, 뭔데?"
캘리가 내 쪽을 향해 몸을 돌렸는데 완전 심각한 표정이었다.
"가끔 나는…… 웃긴 짓을 해. 부끄러운 행동을. 그래서 내가 괴상한 옷을 입고 있으면 사람들이 그런 행동 대신에 옷에 관심을 가질 것 같아서."
캘리가 눈썹을 추켜 올렸다.
"좋은 생각이지, 그렇지?"
좋은 생각이라기보다는 우스꽝스러운 생각에 가까운 것 같다.
"차라리 머리에다 봉투를 뒤집어쓰고 다니는 건 어때?"
캘리가 깔깔 웃는다. 그 웃음소리에 속이 다시 정상으로 돌아왔다.
집 앞에 다 왔지만 들어가기가 싫다. 캘리는 맞춰 보고 싶은 2000조각짜리 퍼즐 같다. 물어보고 싶은 게 너무 많다. 하지만 엄마가 창문을 두드리며 들어오라고 내게 손짓을 했다. 오늘 밤을 나려면 내 도움이 필요하신가 보다.

똑딱, 시계를 먹다

저녁 접시가 시키는 대로
한 시부터 시작해서
시계 방향으로 먹기 시작한다.

버터에 볶은 콩을 먹는다.
한 번에
한 알씩
콩 무더기가 없어질 때까지.
다음은 빵.
두껍고 말라서
잘 넘어가지 않는다.

캑,
캑,
쿠엑!

안타깝지만,
10분 자리에 올 때까지 물은 안 된다.

　　"물 좀 마셔." 엄마가 말한다.

"안 돼요, 아직."

　　"마셔!"

"안 돼요." 캑, 캑. "아직."

엄마가 건너편으로

손을 뻗어
물 잔을 내 가슴께로 내민다.

엄마는 이해 못 한다
아무도 이해 못 한다.

톰 아저씨

엄마가 내 물건들을 정돈하고
셔츠도 안으로 넣어 입으라고 하신다.
오늘 아침부터 엄마의 새 남자 친구가 된 톰 아저씨가
집에 들렀다가
같이 저녁을 먹으러 나갈 거라며.

나는 소파에서 펄쩍 뛰어내렸다.
"남자 친구? 벌써요?"

엄마 얼굴이 빨개진다.
"어제 가게에 온 사람이야."

왜? 도대체 왜 엄마는
단 1초도 혼자 지낼 순 없는 거야?
엄마는 다른 사람과 엮이지 않고는
어떻게 살아야 할지를 모르는 사람 같다.

개구리 울음소리가 튀어나왔다.
가슴을 쾅쾅 치면서 물었다.
"그래서 오늘 밤, 나 혼자 두고 나갈 거라고요?"

"오, 귀염아."
엄마의 입이 쏙 나왔다.
"너도 좋아해 줄 줄 알았어.
참, 오늘 밤에 네가 좋아하는 프로그램 하지 않니?
왜 그거 있잖아, 음, 샴쌍둥이들이 나오는 거."

나는 소파에 도로 풀썩 주저앉는다.
"그건 엄마가 좋아하는 거죠.
엄마가 좋아하는 프로그램이잖아요."

생각

오늘 밤
엄마를 집에 있게 해서
톰 아저씨를 만나러 나가지 못하게 하면,
그러면 엄마가
톰 아저씨랑 깨질 일도 없을 거고
우리가 또다시 이사 갈 일도 없지 않을까.

적어도 지금 당장은.

여러 구실들

"폭풍우가 올 거래요."

"날씨가 아주 좋아."

"숙제 좀 도와줘요."

"갔다 와서."

"열이 좀 있는 거 같아요."

"괜찮은 거 같은데."

얼굴이 팽팽하게 당겨지는 듯한 느낌이 들더니
틱이 튀어나왔다.

눈을 꼭 감고
입을 쩍쩍 늘이고
얼굴을 못생기게 마구 찡그린다.

엄마가 인상을 쓰며 내 손을 다독인다.
"제발 틈이 있을 때
그런 얼굴 안 하도록 노력해.
플래그너 선생님이 한 말 기억하지."

음, 흠.

종이 등을 매달다가 든 생각

캘리가 오늘 나와 같이 집에 왔다는 말은 아무한테도 안 했으면 좋겠다.

잠깐만, 학교에서는 친구 안 하고, 방과 후에만 친구를 하겠다는 거야?

캘리가 그냥 평범한 옷을 입었으면 좋겠다.

오늘 밤에도 세탁실에 가려나?

뭔지는 나도 잘 모르겠지만…… 캘리한테는 뭔가 끌리는 구석이 있다.

내 생각엔

금요일 밤이었다.
그날 엄마가 우리의 삶을 몽땅 바꿔 버릴
전화를 받은 것 같다.
엄마는 부엌 바닥에 전화기를 떨어뜨리고
몸을 감싸 안고
울음을 터뜨렸다.

아빠는 시카고
출장 중이셨다.
공항에서 내려서 집으로 오는 길에
그 일이 일어났던 것 같다.

눈이 내렸다. 아주 많이
뭉텅이로 떨어졌다.
아빠는 피곤했던 것 같다.
아주 많이,
그래서 아주 잠깐 눈을 감았는데,
다시는 그 눈을 뜨지 못했다.

남자 친구 229번

톰 아저씨는 키가
크고
크고
커서,
전봇대만큼이나
컸다.
친절한 것
같다.
적어도
그 사람은
엄마가 지나갈 때
문은 열어준다.
이 사람은
대체 얼마나
갈까?

지루해

〈위험한 쌍둥이들〉
재방송을 보고 있는데,
문 두드리는 소리가 난다.
혼자 있을 때는 대답을 할 수가 없어서
계속 텔레비전을 보고 있다.

또다시 문 두드리는 소리가 나자
내 침투적 사고가 작동한다.

문을 열자
경찰이 모자를 벗으면서
엄마가 다쳤다는 소식을 전한다.
우리 생각처럼 톰 아저씨가 좋은 사람이 아니었다고한다.
경찰차를 타고 함께 병원으로 가 보니
엄마는 하늘색 병원 가운을 입고…….

"음, 캘리?"
익숙한 목소리가 문 너머에서 들려와서
이런 혼란에서 벗어난다.
"너희 엄마가 우리 엄마한테
너 집에 있다고 해서."

진송이잖아!

"몸이 다 붙어서 태어난 아기들이 나오는
프로그램을 보고 있다고 하시더라고.

엄청 지루할 것 같은데.
그래서 말이야, 우리 집에 놀러 올래?
오늘이 중추절이거든. 중국의 보름달 명절.”

진송은
내 대답을 기다리느라 잠시 말이 없다.
하지만 나는 대답을 할 수가 없다.
구겨진 티셔츠를 손으로 반듯하게 매만지면서
문으로 달려가느라 바빴으니까.

달과 관련된 거라면
뭐든 근사한 것임이 틀림없다.

어떤 사람

문을 열고 보니

진송이다.
계피색 눈에
기분 좋은 웃음을 띠고
맨발로 서 있는
친구.

15호

진송네 집은 우리 집과
똑같이 생겼지만, 완전히 달랐다.

우리 집에서는 냉동식품 냄새가 나고,
진송네 집에서는 집에서 만든 음식 냄새가 났다.

우리 집은 텅 빈 침묵이 가득하고,
진송네 집은 사랑으로 가득했다.

우리 집은 갈색 이삿짐 상자로,
진송의 집은 색색의 등으로 장식되어 있다.

식탁 위에서도, 천장에서도
등들이 모두 환하게 빛났다. 내 마음속 기분처럼.

예쁘다

엄마와 아빠, 종린과 사촌들에게 캘리를 소개시킨 다음, 우리는 할머니가 만든 월병이 담긴 접시를 집어 들고 발코니로 향했다. 캘리는 다시 평범한 옷을 입고 있었다. (티셔츠와 빛바랜 청바지 말이다.)

우리는 나란히 앉아서 배가 터질 것 같을 때까지 계속 월병을 집어 먹었다. 겉은 바삭하고 입에 넣으면 사르르 녹는 월병보다 맛있는 건 없다. 우리는 어제 라스베이거스까지 운전해 가서 차이나타운에 있는, 우리가 제일 좋아하는 빵집에서 월병을 사 왔다. 매년 사러 가지는 않지만, 일단 가면…… 음, 엄청 산다.

캘리가 자기 가슴을 치면서 엄청 빠르게 고개를 옆으로 홱홱 돌렸다. 뭐 하는 거지? 전에 말했던 '웃긴 짓' 같은 건가? 캘리는 무척 창피해하는 것 같았지만, 발코니 위에서 보름달의 푸르스름한 달빛에 윤곽만 보이는 캘리가 내 눈엔 참 예뻤다.

"너 참 예쁘다."

내가 조그맣게 말했다. 맙소사, 진짜 소리 내서 말한 거야?

캘리가 눈을 동그랗게 뜨고 내 쪽을 돌아봤다.

"응?"

나는 눈길을 돌려 하늘을 올려다봤다.

"달 말이야. 예쁘지 않니?"

나는 정말 멍청하다. 이제 캘리도 내가 자기를 좋아한다고 생각하겠지?

그러고 나서 든 생각. 그게 뭐 어때서? 그래, 나는 캘리를 좋아한다.

야구 이야기

진송은 또 야구 티셔츠를 입고 있다.
이번에는 모자도 쓰고.
"야구 하니?" 내가 묻는다.

진송이 고개를 끄덕이며
"투수, 내년 봄에
리틀 리그에 지원할 거야."

나는 한숨을 푹,
"음, 우리 아빠도 야구 했었어."

진송의 눈이 반짝 빛난다.
"진짜? 포지션은?"

"몰라, 그것도 할머니한테 들은 거야.
어릴 때 시작하셨는데,
장학금도 받고 그랬대."

"끝내준다!
근데 왜 지금은 안 하셔?"

"음……."

새로운 주제

"달에 대해서
알고 싶니?"

진송이 눈썹을 치켜뜨며 말한다.
"응."

"좋아, 준비됐지?
달은 공처럼 동그랗지 않고, 타원형이야."
머리가 갑자기 옆으로 휙 움직인다.
"정확한 용어로는 편구라고 해.
우리는 달의 한쪽 면만
볼 수 있어."

진송이 우와 감탄한다.
"나는 몰랐어."

얼굴이 팽팽하게 당겨지는 느낌이 든다.
아, 안 돼. 참아, 캘리.
나는 온몸에 힘을 주고 말한다.
"다른 사람들도 대부분 몰라."

놀라운 것

얼굴 틱이
오지 않게 하려고
천천히 숨을 쉰다.

진송이 쳐다보고 있다.

나를
똑바로.

가 버리는 게 나을지도 모르겠다.
진송이 알아채기 전에.

　　눈을 꼭 감고
　　입을 쩍쩍 늘이고
　　얼굴을 못생기게 마구 찡그리는 것을.

아!
이 끔찍한 틱은
기습적으로 찾아와 나를 놀래는 것을 좋아한다.

하지만 더 놀라운 것은……
진송이 고개를 돌리지도 않고
나를 계속
쳐다보고 있다는 거다.

나를
똑바로.

계피색 눈으로
웃으면서.

신나게

하늘의
달을 따서
빙빙
돌리고 싶다.

친한 친구가 있다는 게
이런 기분인 걸까?

아마도 우리는
매일 같이 어울리겠지?

소풍도 가고
농담도 하고
비밀도 나누고
쪽지도 건네며
신나게.

수수께끼

이후로 우리는 잠깐 동안 아무 말도 하지 않고, 우리 집에서 들려오는 웃음소리만 듣고 있었다. 캘리는 내가 아는 여자애들 중에서 제일 똑똑하다. 나도 뭔가 똑똑해 보이는 것을 말하고 싶지만, 뭘 말해야 할지 모르겠다. 그때, 언젠가 엄마 아빠와 같이 라스베이거스에 가서 중추절 축제를 구경했던 일이 생각났다.

"중국 등에 대해서 말해 줄까?"

내가 물으면서, 발코니에 설치해 둔 종이 등 하나를 집어 들었다.

"우리는 종이 등에 수수께끼를 써."

"재밌겠다."

"너한테 수수께끼 하나 써 줄게."

내가 말했다.

"힌트를 세 개 줄 거야. 정답을 맞히면 내가 상을 주지."

캘리가 도끼 눈을 했다.

"못 맞히면?"

"그럼, 상은 못 받는 거지."

나는 안으로 들어가 마커를 들고 나와서 종이 등에 첫 번째 힌트를 적었다. 나는 너무 긴장해서 캘리가 뭐라고 하는지도 몰랐다.

다 쓰고 나자 캘리가 내게서 종이 등을 가져가서 읽었다.

"나는 털이 짧아요."

캘리가 잠깐 생각하더니 말했다.

"음, 토끼?"

"근처도 못 갔어! 자, 두 번째 힌트야. 잘 생각해 봐."

종이 등에 두 번째 힌트를 썼다.

캘리가 읽었다.
“나는 귀여워요.”
캘리가 코를 찡그렸다.
“토끼 맞잖아!”
진짜로 그렇게 생각하는 건가? 세 번째 힌트를 적는 동안 손에서 난 땀이 종이 등에 스며들었다. 이제 캘리도 맞히겠지. (너무 확실한 힌트니까.) 그러면…… 캘리에게 상을 줘야지.
캘리가 내게서 종이 등을 가져갔다. 캘리도 나만큼이나 긴장했나? 캘리가 손가락을 떨며 읽었다.
“진송이가 나를 좋아해요.”

세 번째 힌트

나는 떨리는 손으로
종이 등을 들고 있다.
내가 얼마나 긴장되는지 알까?

어떤 여자애에 대해서
말하는 게 확실하다.
하지만 내가 안다는 것을
진송도 알게 하고 싶지 않다.

틀리면 어쩌려고?
그 여자애가
내가 아니면?
그래서 처음 눈에 띈 것을 말했다.

"월병!"

틀린 답

아마도 내가
　　잘못짚은 것 같다.
진송의 얼굴에서
핏기가 모두 사라지고,
우리의 진로 결정에 열성이신
칸 선생님 얘기를 꺼내기 전까지
진송이 내내 조용했기 때문이다.

나는 아마도 플로리스트가 될 거 같다.
　　엄마처럼.
나도 꽃꽂이하는 걸 좋아한다.

진송은 무엇이 되고 싶은지
　　확실하게 알고 있다고 했다.
진송이 되고 싶은 건
바로 프로 야구 선수.

다행

엄마의 데이트는
“근사했다”.

근사해서
다행이지만

하지만

그렇게
다행이지
않을 수도.

이제 나는 그 두 분이
헤어지지 않게 해야 한다.

영원히.

큰일 날 뻔했다

캘리가 내 수수께끼를 맞히지 못한 게 어쩌면 잘된 일인지도 모르겠다. 내가 자기를 좋아한다는 걸 알았다면 누군가한테는 말하겠지. 그러면 그 사람이 또 다른 사람에게 말할 테고. 그러면 온 학교가 알게 될 거다.

대체 내가 무슨 생각으로 그랬던 걸까?

머리 다듬기

토요일 아침,
엄마가 서랍에서 가위를 꺼내서
일주일이 되었으니
머리를 다듬을 때가 되었다고 하신다.
솔직히
온전히 일주일은 안 됐는데.

"머리 잡아당기는 건 좀 어떠니?"
엄마가 궁금해하신다.
내 정수리를 살펴보더니 말하신다.
"새로 구멍 난 곳은 없네."

차가운 가윗날이 피부에 닿자
소리 지르고
뛰쳐나가면서
짧은 머리는 싫다고 엄마에게 말하고 싶다.
하지만 정작 나는 고개를 숙이고
볼 안쪽만 깨물고 있다.

언젠가는
말하고 말 거다.

가만히

종이 등이랑
월병 같은
사랑스러운 것들을 꿈꾸면서 지내다 보니
월요일 아침은
얼음물 한 바가지를
머리에 퍼부은 것처럼
너무 갑작스럽게 왔다.

1교시 국어 시간에
도서관에서 빌려 온 책을 읽고 있는데,
엉덩이와 다리가 모두 움찔움찔한다.

나는 자세를 바꾸고, 바꾸고, 바꾸다가
다리를 흔든다.

　　　　안으로
밖으로
　　　　안으로
밖으로
　　　　안으로
밖으로

뭔가가 내 등을 확 치길래
뒤돌아봤더니
베아트리스가 인상을 팍 쓰고 “가만히 좀 못 있니?”

뭔가가 갈비뼈를 쿡쿡 찌르고
코를 간질이고
다리를 꼬집는 것 같은 느낌이 들면

베아트리스도 절대로
가만히 앉아 있지는 못한다는 데에
1000만 원 건다.

정상적으로

나는 눈을 꼭 감고
입을 크게 벌리고
소리 없는 비명을 지른다.

빌어먹을 틱.

얼굴을 앞으로 하고
눈을 칠판에 딱 고정한다.
베아트리스가 내 어깨를 툭툭 친다.
나는 또 돌아본다. "왜?"

"1년 내내
그렇게 괴상한 표정을 지을 생각이야?"

나도 묻고 싶다.
1년 내내 그렇게
　　못되게
굴 생각이냐고.

베아트리스가 계속 말한다.
"우정 목걸이를
얻어 걸고 싶으면,
좀 정상적으로 행동하고
싶을지도 모르겠다 싶어서 말이야."

베아트리스는 교실을 쭉 가리킨다.

"아이비, 헤이즐, 귀네스, 틸리, 그레이스.
모두 우정 목걸이가 있거든.
블랙리지 여자애들이라면 모두 다 있지.
너만 빼고."

내가 베아트리스의 목을 슬쩍 보고 말했다.
"너도 빼야지."

선생님께 걸리다

칸 선생님이 우리 쪽을 지나가면서
책상을 톡톡 두드리신다.

"읽기 시간에는
조용히 하도록."

원 스트라이크

읽기 시간에 보니, 캘리가 5분마다 주머니에서 뭔가 납작한 것을 꺼내서 보다가 다시 넣곤 한다. 대체 저게 뭐지? 그게 뭔지 알아야겠다. 그래서 캘리가 또 그걸 꺼내 들자, 나는 공책 한 장을 찢어서 동그랗게 말아 가지고 쓰레기통 쪽으로 아주 천천히 걸어갔다.

그런데 캘리가 손에 들고 있는 것을 보느라 정신이 팔려서, 바닥에 캘리의 가방이 있는 걸 보지 못했다.

가방에 걸리고 말았다.

그래서 앞으로 고꾸라지지 않으려고(완전 얼간이처럼 보일 테니까) 캘리의 팔을 움켜잡았다. 캘리가 깜짝 놀라서 꺅 하고 조그맣게 비명을 내질렀다.

칸 선생님이 목청을 가다듬고 말씀하셨다.

"지금 네 자리에서 일어난 이유가 있나, 펭 학생?"

"종이를 버리러 가는 중이었어요."

선생님이 수염을 만지작거렸다.

"그리고 다른 친구도 움켜잡고?"

나는 고개를 가로저었지만, 선생님은 수업 후에 남으라고 하셨다.

나는 종이 뭉치를 쓰레기통에 던져 넣고 내 자리로 돌아왔다. 잘했다. 아주 잘했어. 이제 칸 선생님한테 찍힌 거 같다. 이게 다 캘리가 나를 궁금하게 해서 그런 거다. 게다가 뭐 대단한 걸 보고 있는 것도 아니었다. 시시하게 겨우 빨간 꽃이라니!

큰일

칸 선생님이 나를 선생님 자리로 부르셨다.
나는 침을 꿀꺽 삼키고
숨을 길게 세 번 내뱉는다.

큰일 났다
큰일 났다
큰일 났다.

선생님이 작게 말씀하신다

"준 학생, 기분은 괜찮나?"

"네, 괜찮아요."

"좀 긴장한 것 같아서 말이야.
조금 당황한 거 같고."

물어봐 주셔서 감사했지만
말하면 안 된다.
"괜찮아요." 내가 말한다.

선생님이 수염을 긁적거린다.
"그렇다면 됐다.
말할 게 있으면 선생님이 언제나 여기 있다는 거 기억하고."

나는 고개를 끄덕였다. "감사합니다."

수업 후

칸 선생님은 '학생회장이라면 본보기가 되어야 한다'는 류의 연설을 늘어놓으셨다.

"네, 선생님."

"좋아."

선생님이 윙크했다.

"더는 문제를 일으키면 안 된다, 오키도키?"

나는 양 엄지손가락을 치켜세워 보이고, 늘 그러시듯 오키도키에 대한 답으로 "아티초키"라는 대답을 강요하시기 전에 재빨리 교실을 빠져나왔다.

프리-시-피-테이-션*

과학 시간에 로크 선생님이
이 단어를 말씀하셨다.

프리시피테이션.

소리가 재미있어서 나는
즉시 머릿속으로 따라 말해 봤다.

프리시피테이션.

다음번엔 모든 음절을
하나하나 확인해 봐야 했다.

프리-시-피-테이-션

그러고 나자 참을 수가 없어졌다.
큰 소리로 말해 봐야 했다.

"프리시피테이션!"

* 프리시피테이션(precipitation)은 강수, 강수량을 뜻하는 영어 단어로, 여기서는 단어를 부각하기 위해 영어 발음을 그대로 풀어 썼다. 단어를 반복해서 따라 말하는 것도 투렛 증상 중의 하나다.

모둠

우리는 소 모둠으로 나눠서
각자 다른 도시의
프리-시-피-테이-션 그래프를 분석한다.

우리 모둠의 누군가가
'프리'로 시작하는 그 단어를 말할 때마다
나는 그 단어를 따라 말해야 한다.
혀로 글자 하나하나를 느끼면서
각 음절의 강세를 들으면서
발음한다.

완벽하게
정확한
방법으로.

우리 모둠의 아이들이,
특히 베아트리스가 그걸 알아차리는 데에는
시간이 오래 걸리지 않았다.

따라쟁이

베아트리스가

　　그 단어를

수천 번을 말하면,
나도

　　그 단어를

수천 번을 따라 말한다.
베아트리스가 내게 몸을 홱 돌리고 묻는다.
“너 진짜 이름이
따라쟁이 아닌 거 확실해?”

우리 모둠에 있던 아이들이 모두
와하고 웃는다.
나는 이를 꽉 깨물었다.

세게
엄청 세게 물어서, 정말로
이가
부서져 버릴 것
같다.

그 애는 쳐다보지도 않는다

곧

그 단어가

계속해서

교실 곳곳에서 튀어나온다.

로크 선생님은

어떤 조치도 취하지 않는다.

당연하다.

선생님에게는

아이들이 모두 과제를 하고 있는 것으로만 보이니까.

하지만 어떤 누군가는

알고

보고

듣는데

그런데도

한 마디도 하지 않고

꿈쩍도 하지 않고

심지어 책에서 고개를 들지도 않는다.

이를 악물고 참기

나도 들었다. 전부 다 들었다. 아이들이 저렇게 캘리를 놀리는 게 무척 신경 쓰인다. 캘리가 따라 말하는 게 웃긴다는 건, 나도 인정한다. 하지만 얼굴에다 대고 야구공을 던지듯이 그렇게 대 놓고 비웃을 필요는 없지 않나.

나는 책만 뚫어지게 봤다. 놀림은 곧 멈출 거라고 스스로에게 말하면서. 지금이라도 당장. 하지만 멈추지 않았다. 긴긴 시간이 지나도.

내 뇌와/가슴과/머리와/뭐 그런 것들의 안에서 전쟁이 벌어지고 있었다. 한쪽에서는 블랙리지 학생회장인 진송 펭(이자 모든 학생들의 친구)다운 나를 원했다. 또 다른 쪽은 덩컨 그레이와 나일 재크스의 친한 친구다운 내가 되기를 바랐다. 나는 한쪽이 이길 수밖에 없다고 생각했다.

2부 * 겨울

석 달

톰 아저씨와의 데이트에서
엄마가 늦게 돌아왔다.
꽃향기와
피자 냄새와
사람 냄새를 풍기면서.

이제 엄마와 톰 아저씨는 사귄 지 석 달이 되었다.

엄마가 까치발로 내 방으로 들어와서 볼에 입맞춤을 한다.
내가 잔다고 생각하셨나 보다.

"어땠어요?"

엄마가 깜짝 놀라더니 활짝 웃는다.
"귀염이, 안 잤구나?"

나는 고개를 끄덕이며
졸린 얼굴로 웃는다.

"재미있었어." 엄마가 말한다.
"레이저 총 게임 했어." 엄마가 말한다.
"톰의 친구들 몇몇하고 같이." 엄마가 말한다.

엄마가 손으로 내 눈썹을 쓰다듬는다.
내가 아기였을 때처럼.

나는 눈을 감는다.
여전히 아기인 척하며.

기회

엄마의 손이 미끄러지듯
머리 쪽으로 내려오다가 화들짝 놀란다.
“지난주에
머리 다듬는 걸 잊었네!”

나는 눈을 번쩍 뜬다.
일어나 앉는다.
엄마 말이 맞아요.
엄마 말이 맞아!
차라리
잘 됐어.
지금이 기회야.
완벽한 기회.
내 기분을
엄마한테 말해야 돼.
지금.

나는 입술에 침을 바르고
입을 연다.

삐 하는 소리가
부엌에서 들렸다.
“차가 다 끓었나 보다!”
엄마가 내 손을 톡톡 치고는
방을 나간다.

공중에 떠 있던 스파게티가
카펫이며 벽에 온통 튀기며 쏟아져 버린 것처럼
기회는 날아가 버리고 말았다.

다음에는

다음에는
엄마한테 말해야지.

엄마가
울더라도
말해야지.

젤로 덩어리

11월, 12월, 그리고 1월은 그다지 새로울 게 없었다. 베아트리스는 캘리가 짓는 표정을 매번 지적하고, 캘리가 내는 모든 소리를 비웃는다. (다른 아이들까지도 같이 하게 만들면서 말이다.)

그리고 학교가 끝나고, 그 '일'을 마치면 나는 오래된 참나무 앞에서 캘리를 만나서 같이 집으로 온다. 우리는 온갖 것들에 대해서 다 얘기한다. 아, 아니다, 거짓말이다. 모든 것을 다 들으면서도 아무것도 하지 않고, 딸기 맛 젤로* 덩어리처럼 구석에 가만히 앉아만 있는 나에 대해서는 절대로 얘기하지 않는다.

* 과일의 맛과 향과 빛깔을 낸 젤리의 상표명이다.

가능한 일

투렛의 경우에는
없던 틱이
하룻밤 만에
생기는 것이
가능하다.

2월의
어느 추운 겨울 아침
내 방 창문에 문득 성에가 끼는 것처럼.

어떤 놀라운 재주

국어 시간에
머리꼭지가

가렵고
간질간질해서
참을 수가 없다.

나는 주먹을 쥐고
튀어나온 손가락 마디로 그곳을 세게 때린다.

베아트리스가 뒤에서 속삭인다.
"여러분 캘리를 보세요."

또 그곳을 긁고 싶어 죽겠다, 어휴.
나는 목과
등을 똑바로 편다.
하지 마, 머리야. 내가 말한다.
넌 가렵지 않아. 난 너를 안 느껴.

나는 슬쩍 그곳을 긁는다.
하지만 여전히
가렵고, 간질간질하고, 긁고 싶어 죽겠다.
아주 오랫동안 무시해 버리면
그런 느낌이 사라질까?

나는

참고
또 참는다.

하지만 그 느낌이 정점을 찍는다.
마치 내리막길을 달리는 자전거가
제어하지 못할 지경이 되는 것처럼.

퍽! 퍽! 퍽! 퍽!

베아트리스가 소리 없이 박수를 친다.
몇몇 아이들이 웃는다.

그래, 저 애는 악마다.

새하얀 캔버스

식당으로 가는 길
복도에서 에인슬리 선생님 옆을 지나치면서
선생님께 살짝 웃어 보이고,
계단으로 향한다.

선생님이 내 이름을 부른다.
발음은 엉터리로.

나는 멈춘다.

배고픈 7학년 무리가
내 주변을 이리저리 지나가고
나는 에인슬리 선생님이 다가오기를 기다린다.

"자화상은
스케치도 안 했더구나." 선생님이 말했다.
"캔버스가 아직도
　　그냥 새하얗던데."

사실은
내 모습을
열두 번도 넘게 스케치했다.
나중에 다 지워 버려서 그렇지.

"네, 알아요.
그래도 다른 과제 다섯 개는 벌써 다했어요."

선생님이 고개를 갸우뚱하신다.
"그래, 그래도
이제는 자화상에도 좀 집중을 했으면 좋겠다.
알겠지?"

ㅇㅇㅇㅇㅇㅇㅇㅇ. "네."

밸런타인

모든 여자애들이
남자애들에게 묻는다.
“나의 밸런타인이 되어 줄래?”
밸런타인데이는
다음 주나 되어야 하는데.

진송한테 부탁하고 싶지만,
내 머리를 퍽퍽 때렸던 틱 때문에
나는 교실에서 겁을 먹고 있다.
과학 시간에도 겁을 먹고 있다.
왜냐하면 음,
왜냐하면 나는 겁쟁이니까.

하지만 식당 샐러드 바 옆에서
해바라기씨를 접시에 수북이 담고 있는
진송을 보자
지금이 아니면 기회는 영원히 없다고 생각했다.

샐러드와 설탕 쿠키

캘리가 내 쪽으로 걸어왔다. 오늘은 더 예뻐 보였다. 립글로스를 발랐나? 나는 재빨리 식당을 훑어봤다. 아무도 보고 있지 않다. 다행이다.

"달에 대해서 알고 싶지 않아?"

캘리가 물었다. 캘리는 내 대답을 듣지도 않고 말했다.

"스튜어트 루사라는 우주 비행사가 아폴로 14호를 탈 때 씨앗을 몇 개 들고 갔어. 그리고 지구로 돌아와서 그걸 여기저기에 심었대. 그래서 사람들은 그걸 달나무라고 불러."

"근사하다."

나는 내 자리로 향했다.

"잠깐만."

캘리가 내 앞을 막아서면서 말했다.

"내 밸런타인이 되어 줄래?"

아, 이런! 이런 부탁만은 하지 않기를 바랐건만. 캘리에게 선물을 하고 싶지 않아서가 아니라, 내가 못한다고 할 수밖에 없는 이유를 캘리가 이해하지 못할 것 같아서다. 모두가 나를 루저라고 할 그런 모험은 하고 싶지 않다. 나는 눈을 내리깔았다. 샐러드가 보인다. 상추가 시들어서 슬퍼 보였다. 나는 눈을 질끈 감고, 겨우 말을 내뱉었다.

"벌써 다른 애의 밸런타인을 하기로 해서. 미안."

캘리가 아무 말도 없이 뒤로 물러서다가 덩컨과 부딪혔다.

"좀 보고 다녀라, 멍청한 게!"

덩컨이 냅다 소리를 질렀다.

저 못난 얼굴 좀 보라지. 자기가 뭐라도 되는 줄 아나? 겨드랑이 털에 치리오스 많이 끼워 넣기 대회에서 이기지도 못한 주제에. (우승자는 나일이었다.)

나는 가슴이 오렌지 착즙기로 밀려 들어가는 듯한 기분이었다. 캘리에게도 밸런타인이 있어야 한다. 내가 아니더라도. 나는 나를 구원해 줄 사람을 찾아서 식당 줄을 훑고 있다가, 케니 건을 발견했다. 우리 학교에서 제일 착한 아이로 알려진 애다. 선생님이 지나가실 때 문을 잡고 기다려 줄 만큼, 진짜 착한 애다.

나는 케니에게 걸어가서 내 제안을 설명했다. 케니가 그러겠다고 해서, 나는 보답으로 분홍색 설탕 쿠키를 주었다. 이 계획이 캘리를 기쁘게 할지 어떨지는 모르겠지만, 내 기분은 나아졌다.

괜찮아

나는 종종걸음으로,
머리를 휙휙 움직이고
입술을 깨물고
눈으로는 바닥에 그어진 선을 따라가며
맨날 내가 밥을 먹던 자리,
쓰레기통 옆으로 돌아왔다.

자리에 앉아서
식탁에 있는
파란 얼룩들을 세어 본다.

진송은 진짜 밸런타인이 있는 걸까?
아니면 그냥
나의 밸런타인이 되기 싫은 걸까?

케니

연파랑 눈에 두꺼운 뿔테 안경을 쓴
키 작은 어떤 아이가
쓰레기 식탁의 내 옆에 앉는다.
과학 시간에 본 것도 같다.

"안녕, 나는 케니라고 해." 그 아이가 말했다.
"내 밸런타인이 되어 줄래?"

나는 건너편의 진송을 흘깃 본다.
진송이 나를 보고 있다.
나를 보고 웃고 있다.
이게 대체 뭐지?
이 일이랑
진송이 관련이 있는 건가?

나는 어깨를 숙이고
머리를 옆으로 기울이며 말한다. "그래, 좋아."

과학 시간

로크 선생님이 칠판 앞에서
메타-모르-포-시스*에 대해서 설명하고 있는데,
갑자기 내 어깨가 휙 움직였다.
　　앞으로,
뒤로,
위로.

나는 박수를 치고,
발을 구른다.
탁탁, 탁탁.
굶주린 코요테가
새끼 토끼를 쳐다보듯이,
모두가 나를 쳐다보는 게 느껴진다.

로크 선생님까지도
설명을 멈추고, 이맛살을 찌푸리신다.
"무슨 일이야?"

나는 의자에 쑥 미끄러져 들어가며,
아무 잘못도 안 했다는 듯이
멀쩡한 표정을 유지한다.
사실 잘못한 건 없으니까.

* 메타모르포시스(metamorphosis)는 탈바꿈, 변태를 나타내는 단어로,
유충이 성충이 되는 것처럼 성장 과정에서 크게 형태가 변하는 현상을 말한다.

폭풍우

교실 문이 활짝 열리고
모든 시선이 내게서 일제히
그쪽을 향했다.
학교 사서인
    에머슨 선생님이
문으로 얼굴을 들이밀었다.

로크 선생님이 마커를 내려놓고
우리에게 109쪽을 읽으라 하시고는
복도로 나가신다.

문이 닫히자마자
틱이 다시 시작됐다.

    앞으로뒤로위로
    앞으로뒤로위로
    짝짝
    탁탁!

눈들이 나를 향한다.

진정해, 칼리오페!
나는 내 몸을 꾹 누른다.

세게
세게

세계

하지만 소용없다.
계속되는 틱은
폭풍우 속 우박처럼
내가 움푹 찌그러져 버릴 때까지 맹렬히 공격해 댄다.

109쪽을 흘깃 보고
읽으려 해보지만
내 눈에서 떨어지는 빗방울 때문에
글자들이 다 뭉개져 보인다.

독약

나는 또 발을 구른다.
세게,
엄청 세게,
의자를 뒤로 확 미는 바람에
뒷자리의 책상에
머리를 부딪고
등을 바닥에 댄 체로
넘어져 버렸다.

처음에는 고통.
그다음에는
독약처럼
귀를 화끈 달아오르게 하는
교실 여기저기서 들려오는
웃음소리.

젠장

나는 당장 달려가 보고 싶었다. 캘리의 머리에 멍이 들지는 않았는지 살펴보고, 일어나게 도와주고, 안아 주면서 괜찮다고 말해주고, 베아트리스에게 그만하라고 소리 지르고 싶었다. (제일 먼저 웃어 대기 시작한 아이가 베아트리스였다.) 그렇게 하고 싶었다……. 그런데 나는 가만히 있었다. 대신 109쪽을 읽는 척했다.

그 순간 앉아 있는 의자가 점점 뜨거워졌다. 아직도 당장 일어나지 않는 내가 스스로도 놀라웠다. 엉덩이에서는 불이 나는 느낌인데, 몸은 여전히 뻣뻣이 얼어붙어 있는 게 놀라웠다. 데일 것처럼 뜨거우면서도 꽁꽁 얼어붙어 있었다. 처음 느껴 보는 최악의 기분이었다.

케니가 일어나더니 교실을 가로질러 부리나케 캘리에게로 달려갔다. 도대체 저 아이는 자신이 뭘 하고 있는지를 알기나 하는 걸까? 캘리의 밸런타인이 되어 달라고 했지 내가 언제 '영원한 단짝'이 되어 달라고 했나? 그래도 나는 그 애가 일어나 줘서 고마웠던 것 같다. (이제 내가 그러지 않아도 되니까.)

걱정하는 눈빛

케니가 내 쪽으로 달려왔다.
"괜찮아?"

나는 그 아이의 연파랑 눈을 들여다본다.
진심으로
걱정하는
유일한 사람의 눈을.
어깨가 뒤로, 앞으로, 위로 휙휙 움직였지만
나는 고개를 끄덕인다.

"왜 그래? 추워?" 그 아이가 묻는다.

이 아이에게 뭐라고 말해야 할까?
모두에게 말해 버릴까? 차마 이 말을 할 수가 없다.
"나는 투렛 증후군이 있어!"라고.

할 수 있을까?

아무 말도

입을 벌리고
말하려고 하지만
아무 말도 안 나온다.

도망쳐야 한다.
내 안에 있는 것을 숨겨야 한다.

다리를 일으켜 세우고
문을 찾아서
쏟아지는 폭포수처럼
눈물이 흘러넘치는 채로

나는 달린다.

달리기

교실에 있는 아이들을 모두 지나고
복도에 있는 로크 선생님도 지나고
음악실과 식당도 지난다.

모퉁이를 돌고 나서야
속도를 줄이고,
음수대 아래 공간으로 기어들어 가서
모든 것을 쏟아 낸다.
나의 틱과, 나의 눈물을.

비겁한 놈

믿을 수가 없다. 그냥 가만히 앉아만 있었다니. 캘리가 넘어지고, 다쳤는데. 그런데 나는 가만히 앉아만 있었다. 짜증나게 케니가 도와주게 놔두고 말이다. 나는 학생회 역사상 최악의 학생회장이다. 최악의 친구임은 말할 것도 없고.

대체, 뭐가 문제야? 덩컨이랑 나일이 캘리를 어떻게 생각하는지, 그게 뭐가 중요해? 학교 애들 전부가 캘리를 어떻게 생각하는지, 그게 왜 중요하지? 중요한 건 내가 캘리를 어떻게 생각하는가 하는 거잖아. 게다가 나는 캘리를 좋아하는데. 그것도 많이. 나는 캘리한테서 나는 배 향기가 좋다. 내 농담에 웃어 주는 것도 좋다. 캘리가 다른 아이들과 다른 점도, 알쏭달쏭한 점도, 똑똑하고 말하기 편한 점도 좋다.

그런데 오늘 이후로, 내가 한 짓 (그리고 안 한 짓) 때문에 캘리가 내 얼굴을 다시 보고 싶어 할지 모르겠다. 말도 하고 싶지 않을 수도 있다. 어쩌면 나를 용서하지 않을 수도.

그래서 나는 그냥 지금 사라져 버려야겠다. 비겁한 놈은 사라져 버려야겠다.

말하지 마

여덟 살 때 신경과 전문의인
플래그너 선생님이 말했다.
"투렛 증후군입니다."
엄마는 숨을 들이쉬다가
사레가 들려 캑캑거렸다.
나는 막대 사탕을 입안에 쏙 밀어 넣고,
내가 하던 그 모든 해괴한 짓들에
이름이 붙여져서 행복해했다.
플래그너 선생님이 또 말씀하시길,
만약 선생님이 나라면
그 사실을 여기저기 떠벌리고 다니지 않겠다고 했다.
투렛 증후군은 사람들에게 아주

잘못 알려진

장애라서
만약 사람들이 알게 되면
나를 다르게 대할 거라고.
내가 사람들에게 저주의 말을 퍼붓고
얼굴에 침을 뱉거나
가운뎃손가락을 들어 올릴 거라고 생각하기 때문에.
　　투렛 증후군이 있다고
　　다 그러는 것은 아닌데,
　　영화에서는 그런 것만 보여 줘서 그렇다고.

말하기

케니가 급히 모퉁이를 돌아오더니
내 앞에서 미끄러지듯 멈췄다.
내가 왜 그러는지
　　알고 싶어 한다.

케니가 가 버렸으면 좋겠다.

로크 선생님과 에머슨 선생님도
모퉁이를 돌아서 나타난다.
선생님들도 내가 왜 그러는지 알고 싶어 한다.

나는 소매로 코를 닦고
더 빨리 말하지 않은 것에 대해서
마음속으로 스스로를 질책한다.
여기 온 첫날에
모두에게
말했어야 했다.

"더는
참을 수가 없어." 내가 말했다.

　　"뭘 참는단 거야?" 케니가 물었다.

나는 길게 숨을 내뱉는다.
"틱.
투렛."

기분들

나는 머리에
얼음 팩을 올리고
보건실 침대에 누워 있다.

학교 상담 선생님인
바움가르트너 선생님이
들어오시며
이야기를 좀 해야겠다고 하신다.
내 생활과 기분들에 관해서.

나는 정말 어떤 것에 대해서도
이야기하고 싶은 기분이 아니다.
특히나 생활이나 기분들에 관해서라면.

바움가르트너 선생님이 엄마에게 전화를 걸어서
내 귀에 전화기를 갖다 대 준다.
하지만 나는 바움가르트너 선생님과 이야기해 보는 것이
좋을 것 같다는 엄마의 말을
흘려듣는다.

엄마는 이해 못 한다.
아무도 이해 못 한다.

이유

로크 선생님과 케니가 교실로 돌아왔다. 로크 선생님이 캘리는 투렛 증후군을 앓고 있다고 설명하셨다. 그게 뭔지는 모르지만, 선생님 말로는 그래서 캘리가 의자에서 넘어진 거고, 우리가 그걸 보고 웃은 것은 아주 잘못된 행동이라고 하셨다.

참고로 나는 안 웃었다. (일어나게 도와주지 않았을 뿐이다.)

내 주위의 공기가 무거워졌다. 숨이 막혔다. 나는 로크 선생님께 잠깐 나갔다 와도 좋다는 허락을 받고, 남자 화장실로 급히 달려가 얼음장 같은 물을 몇 번이고 얼굴에 끼얹었다.

마지막 종이 울릴 때까지 나는 이곳에 있었다.

바움가르트너 선생님

나는 푹신한 의자에 앉아 몸을 낮춘다.
　　내가 여자애가 아니라
마치 복잡한 수학 문제가 된 것만 같아
혼란스럽다.

바움가르트너 선생님이 내 옆 의자에 앉으며
내 이름을 부르신다.
엉터리로.

나는 얼굴을 찡그린다.

선생님은 웃으면서
나를 그렇게 흥분시킨 게 무엇인지
말해 줄 수 있냐고 물으신다.

나를 그렇게 흥분시킨 게 무엇인지
말하고 싶지 않다.
그래서 가만히 앉아서
선생님의 반짝이는 은빛 머리칼만
쳐다본다.

어깨를 홱 돌리거나
개구리 소리를 내고 싶은 것을
꾹 참고.

참기

바움가르트너 선생님이 다리를 꼬고
내 쪽으로 더 가까이 몸을 숙인다.
"로크 선생님 말씀으로는
문제가 좀 있었다고 하던데?"

　　내가 고개를 끄덕이며 "틱이요"라고
　　그 단어를 말하자마자

ㅓ ㄴ
ㅇ ㅏ
ㅟ ㅇ ㅗ
틱 증상들이 ㅌ ㄴ ㄷ ㅏ
불난 풀밭에서 베짱이가
두두둑 튀어나오듯이.

　　앞으로뒤로위로!
　　앞으로뒤로위로!
　　짝짝!
　　탁탁!

　　"이것들은 참으려고 했어요." 내가 말했다.

"그랬구나." 선생님의 눈 사이에 깊은 주름이 생긴다.
"그래서, 참으면 그것들이
사라지니?"
　　"음, 아뇨."

"칼리오페."
선생님이 내 이름을 제대로 불렀다!
"사람들은 하품이 나오려고 하면
하품을 해.
재채기가 나오거나 기침을 해야 하면
그렇게 한단다."

포스트잇

바움가르트너 선생님이
앞에 있던 포스트잇에다 뭔가를 적는다.
웃고 있는 것 같다.
선생님도 나를 비웃는 건가?

"그래야 한다면……." 선생님이 말했다.

선생님이 포스트잇을 건네준다.
메모에는 이렇게 적혀 있다.

그냥 하게 둬!

나는 고개를 가로젓는다.
"안 돼요.
아뇨,
그럴 순 없어요."

나는 칼리오페 준입니다

바움가르트너 선생님이
활짝 웃는다.
선생님이 날더러 똑바로 앉으라고 하신다.

고개도 똑바로
어깨도 쭉 펴고
발은 바닥에 붙이고.

"말해 봐. '나는 칼리오페 스노우입니다.'"

"준이에요."

"그래, 그럼 말해 봐. '나는 칼리오페 준입니다.'"

나는 의자에서 엉덩이를 들썩이며
중얼거린다. "나는 칼리오페 준입니다."

"나는 똑똑합니다."

"나는 똑똑합니다."

"나는 강합니다."

"나는 강합니다."

"나는 무엇이든 할 수 있습니다."

나는 멈췄다.
"무엇이든은 아니고 거의 대부분……."

"나는 무엇이든 하기로 마음을 먹습니다."

나는 눈을 위로 굴렸지만*,
선생님이 생각하는
그런 이유 때문은 아니다.

* 눈동자를 위로 하고 굴리는 눈짓은 보통 어이가 없거나 동의하지 않을 때 쓰는 부정적인 동작이지만, 여기서는 캘리의 틱 때문에 일어나는 행동이다.

마침내

종이 울렸다. 정말 다행이다. 좀 전에 어떤 애가 화장실에 들어왔는데, 고약한 냄새가 막 풍겨 오던 참이었다.

캘리의 마지막 수업은 아래쪽 A홀에서 있다. 그래서 나는 D홀 옆 계단으로 가서 뒷문으로 빠져나갔다.

나는 아이들이 다 갈 때까지 학교 건물 뒤에 숨어 있었다. 그리고 만일의 경우를 대비해서 놀런 슈퍼마켓 뒤에 있는 공원을 지나고 다른 집의 뒷마당 담벼락을 통과하는(눈 오는 날인데도 불구하고) 제일 먼 길을 택했다.

마지막 모퉁이를 돌자마자 저 멀리에 있는 커다란 참나무가 보였다. 낡고 둥그런 치마를 입은 여자애의 모습이 조그맣게 보였다. 참나무 앞에서 기다리고 있었다. 나를 기다리고 있는 거다.

이런 젠장, 저 애는 왜 하필 여기로 이사를 왔담? 저 애가 내 생활을 완전히 뒤죽박죽으로 만들어 버렸어! 직구를 세게 던지는 것 말고는 걱정거리라곤 없었는데. 이제 모든 것이 엄청 복잡해져 버렸다.

돌멩이를 있는 힘껏 걷어차자, 돌멩이가 도로 쪽으로 데굴데굴 굴러갔다. 나는 마지막으로 한 번 더 캘리를 쳐다보고는 집까지 내달렸다. 그리고 집 안으로 들어오자마자 문을 잠갔다.

기다림

나는 커다란 참나무 앞에서 진송을 기다린다.
비록
진송에게 엄청 화가 나긴 했지만.

진송이 늦는다.
왜인지 모르겠다.
내가 아는 건 이게 전부,
머리 뒤쪽의 한 부분이 쓰리다는 것.
사랑스러워 가슴이 두근거리는 게 아니라
쥐어짜는 듯 가슴이 아프다는 것.

결국
나는 진송을 기다리는 걸 포기하고,
혼자서 집으로 걸어갔다.

위층으로 올라와서
방 건너편에 가방을

    내던지고

침대에
대각선으로 아무렇게나 누워서
창밖의 눈송이를 본다.
눈송이가

    나풀나풀 날다가

둥둥 떠다니다가

떨어져서

땅에
닿자

사라져 버린다.

냉장고의 메모

귀염아,

톰 아저씨네 집에 간다.
늦을 것 같아.
저녁 챙겨 먹고
숙제도 하렴.

사랑하는
엄마가

추신: 설거지까지 끝내 줘.

신음

지난번에도 엄마가
"늦을 것 같아"
라고 말했지.
그리고 다음날 우린 이사를 했다.

엄마의 미소가 눈물로
바뀌는 걸 보는 것도 이젠 지친다.
엄마의 걱정과 두려움과
"이제 나는 어떻게 사니"라는
슬픈 사랑 노래를
듣는 것에 신물이 난다.

데이트를 안 하면,
상처도 안 받고
이사도 안 하고
우리 둘 다 행복해지리라는 걸
엄마는 모르는 걸까?

하지만 엄마는
혼자서는 할 수 없다고 확신한다.
둘이 벌면
수입도 두 배라며.

그래서 이제 또 그 시점인 건가?
아침이면 우리는 떠나는 걸까?

어쩌면 그게 최선일지도 모르겠다.

이렇게 된 마당에.

진송은 이상하게 굴고,

베아트리스는 절대로 나를 그냥 내버려 두지 않을 거다.

친구도 하나 없다.

나는 실패했다.

계획

캘리는 그냥 잊기로 했다. 없는 사람이라 생각하자. 그리고 학교를 마치고 참나무 앞에서 캘리를 만나는 대신, 덩컨네 집으로 가는 거다. 애초에 캘리와 같이 집에 가는 게 아니었는데. 떠돌이 개에게 먹이를 주면 계속 다시 찾아오는 거랑 똑같다.

작별 인사

그 애에게　　　　작별 인사를 하고 싶다.
그 애에게　　　　엄청 화가 나긴 했지만.
그 애 같은　　　　친구는 한 번도 사귄 적이 없으니까.
아, 그 애가　　　　얼마나 보고 싶을까.

펭의 가족

신발을 후딱 신고
진송이 집에 있나 보려고
15호로 걸어가 본다.

그런데 너무나 빨리 답을 얻었다.
진송네 집 거실 블라인드가 올라가 있다.
진송이 멀쩡히 집에 있다.

　　나는 눈을 끔뻑인다.
끔뻑이고
끔뻑이고
또 끔뻑여 보지만

내 눈을 믿을 수가 없다.

펭네 가족은 저녁으로
　　만둣국을 먹고
　　있는 것 같다.
그리고 진송 옆에 앉아 있는 사람은
바로 다름 아닌

베아트리스 로페스.

추위

가슴에서 시작된
시리디 시린 추위가
몸 구석구석으로
퍼져 나간다.

진송이 낸
수수께끼의 답을
잘못 알고
있던 것 같다.

답은 여자애가
맞았는지 모르겠지만,
그 여자애가
내가 아닌 건
확실하다.

나는 발끝으로 살금살금
14호로 돌아와서
위층 내 방으로
달려간다.

저녁 식사

로페스네 가족이 저녁을 먹으러 우리 집에 왔다. 부모님이 날더러 베아트리스 옆에 앉으라고 하셔서 그 옆에 앉았더니, 캘리가 생각난다. (더는 캘리 생각은 하지 않기로 다짐했지만.) 아, 이런 기분 정말 싫다. 아무리 삼켜도 넘어가지 않는 덩어리가 목구멍에 걸린 것만 같다.

나는 부모님들이 거실로 자리를 옮기기를 기다렸다가 베아트리스를 보고 말했다.

"네가 하는 짓 다 알고 있어. 그만 둬."

베아트리스가 컵을 입으로 가져가다가 멈췄다.

"물을 마시지 말라는 거야?"

"캘리 준 얘기하는 거야."

내가 톡 쏘았다.

베아트리스는 어깨를 으쓱해 보이며 컵에 물을 채워서 한 모금 마셨다.

"오늘 애들이 모두 웃은 걸 말하는 거면, 내가 먼저 시작 안 했어. 덩컨이 먼저 웃었어. 근데 네가 무슨 상관인데?"

나는 이마를 문지르며 할 말을 찾고 있었다. 베아트리스에게 사실을 말할 순 없다.

"잠깐만."

베아트리스가 눈을 가늘게 떴다.

"설마 너 그 애를 좋아하는 건 아니지? 좋아하는 거야? 그런 거야?"

목 근육이 바짝 서서, 나는 포크를 식탁에 거칠게 내려놓았다.

베아트리스가 캑캑거리며 웃었다.

"세상에! 믿을 수가 없네. 네가…… 캘리를 좋아한다니."

“이것 봐.”

내가 말했다.

“나는 학생회장이야. 누구하고든 잘 지내야 한다고. 그래서 그러는 거야.”

베아트리스의 놀리는 듯한 미소가 사라지더니, 팔짱을 꼈다.

“그래? 그래서 그 일을 잘해 내고 있다고 생각하는 거야? 누구하고든 잘 지내는 거? 나한테 전화하거나 문자해서 놀자고 한 적이 언제인지 기억도 안 나는데?”

나는 의자를 확 뒤로 밀면서 일어났다.

“그건, 너희 엄마가 떠나시고 난 뒤로는, 너랑 노는 게 하나도 재미없어졌으니까 그렇지.”

잠이 오지 않는 밤

뒤로 나자빠졌던 일이
계속 생각난다.

계속 계속 계속.

웃음소리의 잔향이
계속 들린다.
이제 다시는
학교에 갈 수도 없다.

이불에서 꼼지락거리며 빠져나와서
복도로 기어가
공처럼 몸을 동그랗게 말고
창문으로 쏟아지는
달빛을 흠뻑 받는다.

은빛 소용돌이들이
손을 뻗어
나를 반기며
자기들 쪽으로 끌어당긴다.
달이
바다를 끌어당기는 것처럼.

내 머릿속의 시

나는 칼리오페 준.
달까지 날아갈 수 있으면 좋겠네.
그곳엔 나를
비웃거나, 뚫어지게 쳐다보거나
팔불출이라고 놀리는 사람들은 하나도 없겠지.

늘 똑같은, 패턴 같은 것

새벽같이 일어나
옷을 입고
밥을 먹고
옷을 싼다. 이제 시작될
여행을 위해서.

엄마가 목청을 가다듬더니
엄마 방에서 소리를 지른다.
“거기서 대체 뭐 하고 있는 거야?”

나는 행주를 접으면서
소리쳐 대답한다.
“톰 아저씨랑 깨진 거 아네요?”

엄마는 대답이 없다.
그 말은 곧,

경보가 잘못 울렸다는 뜻.

투 스트라이크

행사 포스터에 색칠을 하기 위해서 학생회 임원들은 일찍 학교에 왔다. 베아트리스도 총무라서 같이 있었다. 베아트리스가 나를 아는 척도 않는다. 평상시였다면 별로 신경도 안 썼겠지만, 그날 저녁 이후로는 이 상황이 거머리한테 피를 빨리는 것처럼 거북하다.

어제 일로 캘리가 나한테 화가 난 건 확실하다. 이제 베아트리스도 그렇다. (나는 이 두 가지에 모두 책임이 있다.) 차라리 그냥 대 놓고 세상에서 제일 못된 친구 1등상을 주지.

바닥에 앉아서 파란색으로 글자를 칠하고 있는데 이런 소리가 들렸다.

"진송, 안녕."

왼쪽을 쳐다봤다. 뭔가 차갑고 축축한 것이 볼에 느껴졌다. 익숙한 운동화를 따라 위로 올라가보니 실실 웃고 있는 베아트리스의 얼굴이 눈에 들어왔다.

"잡았다. 네가 술래야."

베아트리스가 웃으면서 식당의 다른 쪽으로 도망쳤다. 나는 허둥지둥 일어나 베아트리스를 뒤쫓았다. 그리고 베아트리스를 잡자 헤드록을 걸고 양쪽 볼에다 검푸른 산딸기색으로 멋진 음영을 만들어 줬다.

"펭 학생!"

칸 선생님의 목소리가 식당 안에 울려 퍼졌다. 나는 붓을 떨어뜨렸다. 베아트리스를 놓아줬다. 투 스트라이크.

베아트리스는 다친 것처럼 절뚝거리면서 포스터를 그리던 곳으로 돌아왔다. 베아트리스답다. 나쁜 짓을 하고도 항상 빠져나가는 학생회 총무. 하지만 그때 잠깐, 내가 예전에 알던 친구의 얼굴을 얼핏 본 것 같았다.

2월 14일

풍선과 곰 인형과
분홍색 하얀색
카드와 사탕과
하트 무늬들이
벽에 붙어 있고,
사물함을 채우고,
책상을 뒤덮고 있다.
내 사물함과 책상만 빼고.
하지만 점심시간까지만 기다리자.
케니가 와서
밸런타인 카드를 줄 테니.

그 애가 나를 사랑해……

연필을 깎으려고 일어났다가
돌아와 보니
껌을 가득 담은 진분홍 머그잔과
커다란 밸런타인 카드가 두 개 놓여 있다.

첫 번째 카드를 든다.
케니가 보낸 것이겠거니 하고. 하지만
마음속으로는
다른 누군가가 보낸 것이기를
바라면서.

카드에는 이렇게 쓰여 있었다.

> 나의 밸런타인이 되어 줄래?
> 너는 너무 예뻐. 너에게 키스를 하고 싶어.
> 사랑해, 사랑해, 사랑해 영원히.
>
> 진송

나는 손바닥으로 내 볼을 지그시 눌렀다.
알고 있었다.
진송이 나를 좋아하는 줄 알고 있었다.

그게 아니었다

두 번째 카드를 펼쳤다.

네가 좋은 이유는

네 머리카락

네 옷

네 얼굴

네 코

네가 내는 개구리 소리 때문이야.

그리고 무엇보다도……

너는 잘 속아 넘어가니까!!!

덩컨과 나일이 숨이 넘어갈 듯이 웃어 젖힌다.
나는 어리둥절해서
그 아이들을 노려본다.

덩컨이 내 책상을 지나치면서
밸런타인 카드를 집어 들고
히죽대며 말한다.
"진송이는 네가 너무 못생겼대."

내려앉는 가슴

쿵!
쿵!
그 말들이
내 가슴을 때려서
가슴이 원래 있던 자리에서
떨어져
내 신발까지
내려앉는다.

다 보이게 내놓고

나는 의자 모퉁이를 꼭 붙잡고
진송 쪽은 감히 쳐다보지도 못한다.
머리카락만 있었어도 숨을 수 있을 텐데.
아무도 보지 못하게 얼굴을 숨길 수 있을 텐데.
특히, 진송이 보지 못하게.

하지만 없어서
얼굴을 그냥

    내놓고 있다.

갓 태어난 새끼 쥐처럼 털 하나 없이 분홍빛으로.
온 세상 사람들이 다 볼 수 있게.

정말이야

캘리가 알았으면 좋겠다. 내가 얼마나 자기를 좋아하는지. 내가 그런 짓을 한 덩컨과 나일을 진짜 치사한 놈들이라고 생각한다는 것을. 그리고 케니가 왜 밸런타인 카드를 주지 않았는지도. (케니는 토하고 아파서 집에 있다.)

학교가 끝나고 엄마한테 꽃집에 태워다 달라고 부탁했다. 로사멜리아 꽃집은 말고. 캘리가 나를 보는 건 원치 않는다.

우리가 찾은 꽃집은 다양한 연령대의 사람들로 붐볐고, 분홍색, 하얀색, 오렌지색, 자주색, 노란색 등 색색의 꽃들로 가득했다. 하지만 내가 원하는 건 그런 것들이 아니었다. 나는 빨간색 꽃을 찾고 있다.

다섯 시

엄마가 일이 끝났다고
전화했다.

그런데

톰 아저씨가 가게에 와서
저녁을 먹자고 했단다.

아주 잘되어 가고 있나 보다.
그런데 왜 내 기분은
폴짝폴짝 뛸 듯이 좋지 않은 걸까?
왜 벽에다 주먹질을 해서
구멍을 내 버리고 싶은 걸까?

"알겠어요. 재미있게 보내세요." 내가 말한다.

나는 냉장고를 뒤져서
냉동식품을 찾는다.

프라이드치킨
콘 치즈
풀처럼 보이는 으깬 감자를

전자레인지에
툭 던져 넣는다.

기다리면서
턱으로 장난을 친다.

턱을 내민다.

앞으로

앞으로

앞으로.

초대받지 않은 손님

치킨을 한 조각 베어 물고
씹는다.
턱을 다시 앞으로 내민다.
이번에는

　　순식간에 튀어나왔다!

아주 작은 뼛조각들이
턱에서 부서지는 듯한 소리가 난다.

몰래 찾아온 새로운 틱.
언제 이것이
내 뇌의 문을 똑똑 두드리기로 결정하는지는
절대 알 수가 없다.
초대받지 않은 손님들 같다.

　　놀랐지! 나 왔어!
　　오래 있진 않을 거야.
　　어쩌면 그럴 수도 있고.
　　어떤 방이 내 방이야?
　　아, 배고파. 먹을 것 좀 줘.
　　수건은 어디에 있어?

나는 또 그렇게 하고 싶어지기 전에
얼른 치킨을 먹어 치운다.

안 할 거야.
안 할 거야.
스스로에게 말한다.

하지만 그때, 하고야 만다.

턱이 아프다.
더 아플수록
턱을 더 세게 내민다.
아파서 소리 내 울고, 얼굴을 부드럽게 감싸고,
마음을 단단히 먹는다.
그것만이 턱이 다시 시작되기 전,
잠깐 동안 할 수 있는 유일한 것이라는 사실을
알기 때문이다.

푸딩

턱이 일주일간은 얼얼할 것이다.
말하려고 입을 열 수도 없을 것이다.
나는 왜 이렇게 괴상한 걸까?

푸딩과
요거트
그리고 사과 잼.

한동안
부드러운 것들만 먹어야 한다.

꽃다발을 가지고

나는 '양귀비'라는 빨간 꽃 한 다발과 '행복한 밸런타인데이가 되기를!'이라고 적힌 카드를 들고, 살금살금 14호로 가서 문을 두드렸다.

캘리가 대답이 없다.

다시 문을 두드렸다.

또 한 번 더.

이런, 나인 줄 아는 거다. 내가 가 버리면 문을 열까? 재빨리, 세게 문을 쿵쿵 두드리고 주차장으로 뛰어가서 숨었다.

문이 끼익 소리를 내며 살짝 열린다. 캘리가 꽃을 보고 문을 닫으려다가 멈춘다. 꽃병을 안아 든다. 꽃병과 카드를 모두 가지고 안으로 들어간다. 좋았어! 그런데 그때, 창문으로 보니 캘리가 꽃을 하나씩 빼서 음식물 찌꺼기 처리기에 넣고 있었다.

3부 * 봄

출장

엄마가 라스베이거스에서 매해 봄에 열리는
플로리스트 대회에 간다.
고작 두 시간 거리지만
엄마는 온전히 3일 동안 집을 비울 예정이다.

온전히
　　3일
　　　　동안이라니!

"펭 씨네 집에서 자도록 해."
"이불이랑 베개만 들고 가면 돼.
요는 있다고 하더라."

요가 뭔지는 모르겠지만, 싫다.
남자애 집에서는 안 잘 거다.
게다가 진송네 집이라니.
이제는 친구도 아닌데.
아니, 친구라 하더라도
남자애 집에서 잔다는 건

그것만으로도
그냥 이상하다.

금요일 밤

진송의 엄마가 날 데리러 오셔서
　　나는 거짓말을 했다.
몸이 아픈데
　　그래서
다른 사람한테 병을 옮길까 봐 못 간다고.

한 번도 없던 일

전에도 혼자
집에 있던 적은 있다.
하지만

혼자
밤을 보낸 적은
없다.

전에는 한 번도
혼자 자러 가기 전에
100번도 넘게
문이 잠겼는지 확인한 적이 없다.

전에는 한 번도
어둠 속에서
뭔가가 삐걱거리는 소리를
들은 적이 없다.

전에는 한 번도 이렇게 무서웠던 적이 없다.
문 앞에 의자들을
쌓아 두었다.

전에는 한 번도 그런 적이 없었다.

시간 보내기

아파트가 텅 빈 것 같다.
토요일 아침이
다르게 느껴진다.
어떻게 알았지?
엄마가 이곳에 없다는 걸.
어떻게 알았지?
로사멜리아 꽃집이 있는 거리에도 엄마가 나타나지 않았다는 걸?

텔레비전에 볼 게 없어서
천문학 책을
이리저리 넘겨 보고
색종이로 우주선을 만들면서 시간을 보낸다.

천왕성을 만들고 있는데
문에서 노크 소리가 난다.

"캘리야, 나야 펭 아줌마."

머리를 매만지고
문을 여니

배가 동그랗게 부푼
펭 아줌마가 서 있다.
진송과 같이.

내가 진송을 보자, 진송은 팔짱을 끼고
신발 밑바닥을 들여다보며
　　뭘 찾는 시늉을 한다.

펭 아줌마가 자기네 가족은
마을 축제에 갈 건데
몸이 좀 괜찮으면
같이 가지 않겠냐고 물으신다.

유령

캘리가 가겠다고 해서 깜짝 놀랐다. 나를 미워하고 있다고 확신했으니까.

축제장까지 가는 차 안은 정말 끔찍했다. 캘리는 우리 부모님과 종린하고만 얘기하고, 나하고는 한마디도 안 했다. 내가 있는지도 모르는 것 같았다. 내가 알 수 있는 건 나는 유령이고, 켈리에겐 내가 보이지 않는다는 것이 전부.

부모님이 종린을 데리고 마술 쇼를 보러 가겠다고 재차 말씀하시자 캘리가 물었다.

"저는 카니발 쪽 구경을 가도 될까요?"

"그래. 대신 진송하고 같이 다녀야 한다."

엄마가 말했다.

"그럴게요."

캘리가 대답했다. 하지만 내가 같이 움직이려고 하자, 캘리가 움찔 놀라는 모습을 보아하니 캘리는 애초부터 그럴 생각이 없던 거였다.

하긴 왜 그래야 하겠나? 왜 나랑 같이 놀고 싶겠는가? 할아버지의 격언도 있지 않은가. 나보다 나은 친구를 사귀라고. 열 배나 못한 친구 말고.

카니발을 보러 가며

“나 따라올 필요 없어.”

“그래도 엄마가…….”

“가서 네 진짜 친구나 찾아 보지 그래.”

“진짜 친구라니?”

“왜 있잖아. 덩컨이랑 나일이랑…… 또 베아트리스?”

“캘리…….”

더는 듣고 싶지 않다.
뭐라고 하던 상처가 될 것 같다.

먼지

나는 탈것을 향해
뛰었다.
가면서
먼지구름을 마구 일으켰다.

네가 이겼어

덩컨과 나일 그리고 다른 친구들이 야구공을 던지는 부스 옆에 몰려 있어서, 그리로 달려갔지만 캘리는 어디에도 없었다. 이런. 대체 어딜 간 거지? 갑자기 화장실이 가고 싶었나, 아니면 나를 떼어 내 버리려고 하는 건가?

나일이 나를 보고 어깨에 자기 팔을 둘렀다.

"진! 내 친구! 같이 놀자."

덩컨이 간이 야구 부스에서 나와 내 손에 공을 쥐어 주었다.

"그래, 나보다 빨리 던질 수 있나 보자!"

"얘들아, 나 지금 좀 바빠."

"그러지 말고 던져 봐."

나는 공을 던지려고 와인드업을 했다. 모두가 보고 있다. 덩컨의 점수는 넘길 수 있다. 나일도 마찬가지고. 그런데 팔이 말을 안 듣는다. 목표물에 집중을 할 수가 없다. 캘리를 찾아야 한다. 찾아서 모두 다 미안하다고 말해야 한다.

"뭐야, 그냥 던져."

나는 고개를 저었다. 공을 땅에 아무렇게나 던졌다.

"네가 이겼어, 덩컨. 나 간다."

10분 뒤에 대관람차 뒤 금속 울타리에 기대 서 있는 캘리를 발견했다. 캘리는 캘리를 캘리답게 하는 표정을 짓고, '웃긴 짓'을 하고 있었다. 가슴이 쿵쾅거려서 목구멍까지 요동치고, 머리는 회전목마처럼 빙빙 돌았다. 잘못된 것을 바로잡아야 한다.

"캘리!"

캘리가 고개를 들었다. 하지만 쏘아보더니, 그냥 걸어가 버린다. 나를 떼어 내려고 했던 거였다. 망했다. 생각보다 힘들 것 같다.

나는 뛰다시피 해서 캘리를 따라잡았다.

"야! 나랑 같이 대관람차 타자."

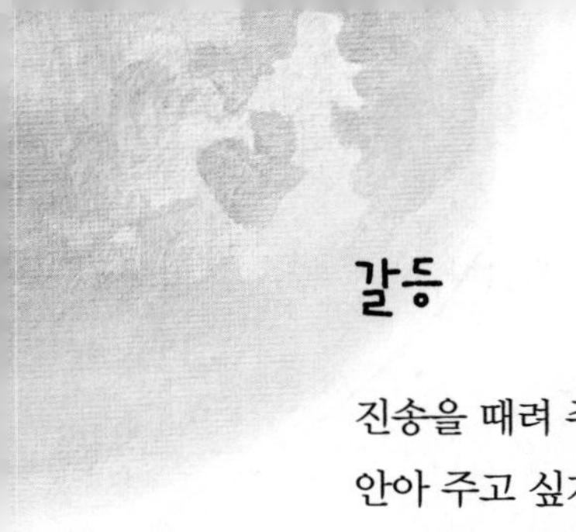

갈등

진송을 때려 주고 싶기도 하고
안아 주고 싶기도 하다.
아, 우리가 여전히 친구라면
얼마나 좋을까?
같이 가야 하는 걸까?
뭐라고 하는지 들어 보는 것 정도는
괜찮겠지?

우리가 앉았다

관람차 안에
나란히.

거대한 바퀴가 도는 동안
아무 말 없이.

한 바퀴 돌아서 다시
불타는 석양 속으로.

솜사탕

"있지," 진송이 말한다.

"있지?" 내가 말한다.
내 다리만 쳐다보면서.

"올해 솜사탕이
진짜 맛있대."

나는 어이가 없어서 진송을 쳐다본다.

"우리도 꼭 먹어 보자."

나는 팔짱을 끼고
고개를 절레절레.
"지난 두 달 동안
내가 살았는지 죽었는지도 몰랐으면서
지금……
솜사탕 얘기가 하고 싶니?"

진송이 자기 손을 배배 꼬며, 어깨를 으쓱한다.
"어디서부터 시작해야 할지 몰라서 그래."

내가 눈을 깜빡이며

"학교에서 왜 나를 모른 척하는지,
　　거기서부터 시작하는 게 어때?"
아니면 왜 나의 밸런타인이
　　되기 싫었는지?
아니면 어떻게 그렇게 무례할 수가 있는지,
　　어떻게 문 앞에 꽃을 두고 갈 수 있는지?"

미안해

나는 입술을 깨물며, 우리 앞에 있는 금속 대를 꽉 붙잡았다.

"미안해. 창피했어."

캘리가 자기 손을 쳐다보면서, 묻지 말았으면 하는 것을 물었다.

"내가?"

나는 저 멀리 장난감처럼 보이는 주차장의 차들로 시선을 돌렸다.

"네가 넘어졌을 때 도와주는 게 창피했어."

나는 침을 꿀꺽 삼켰다.

"네 밸런타인이 되는 것도 창피했어. 그런데 지금은 아니야. 어쨌든, 내가 이렇게 사과를 해도, 너는 절대로 나를 용서하지 않겠지."

내가 캘리를 쳐다보자, 아주 잠깐 동안 캘리도 나를 쳐다봤다. 상처받는 캘리의 눈이 보였다. (나 때문에 받은 상처다.)

"그리고 그 꽃들을 준건 음, 네가 항상 코팅한 꽃을 들고 다니는 걸 봤거든. 그래서 한 다발을 주면 좋아할 것 같아서야."

캘리는 금방이라도 울 것 같았다. 울게 하고 싶지 않다.

"있잖아."

내가 앞으로 몸을 기대고 말했다.

"캘리, 나는……."

나는 다시 주차장의 차들을 보면서 말했다.

"나는 너를 좋아해."

목이 메어서

대관람차가 멈췄다.

우리가 꼭대기에 왔을 때.
나도 진송에게
말하고 싶었다.
다 용서한다고.
그리고 나도 너를 좋아한다고.
하지만 목이 메어 버렸다.
그래서 내 손을
진송의 손 위에 얹고

가만히 숨을 쉰다.

세상의 꼭대기에서

진송이 우리 손을
머리 위로 들어 올린다.
"나는 캘리를 좋아한다." 진송이 소리친다.
"나는 캘리 준을 좋아한다!"

그리고 잘나가는 학교 애들,

덩컨
나일
아이비
헤이즐
귀네스
틸리
그레이스가

보고 듣는다.

이 순간
나는 대관람차의
꼭대기에 있을 뿐이지만
세상의 꼭대기에
앉아 있는 것만 같다.
내 가슴은
별처럼
하늘을 가로지른다.

내가 알게 된 것

집으로 돌아오는 길에
창밖을 보니
달이 보인다.

너무나 완벽하고
너무나 아름답다.

진송 말대로,
어두워진 세상에 대고 잘난 척을 하고 있다.
그러다 불현듯
알게 되었다.

자화상에 무엇을 그려야 할지,
내가 커서 무엇이 되고 싶은지를.

엄마처럼 플로리스트가 되지 않을 거다.
나는 똑똑하다.
나는 강하다.
나는 하기로 마음을 먹으면 무엇이든 할 수 있다.
그래서 이렇게 마음먹었다.

나는 달에 갈 거다.

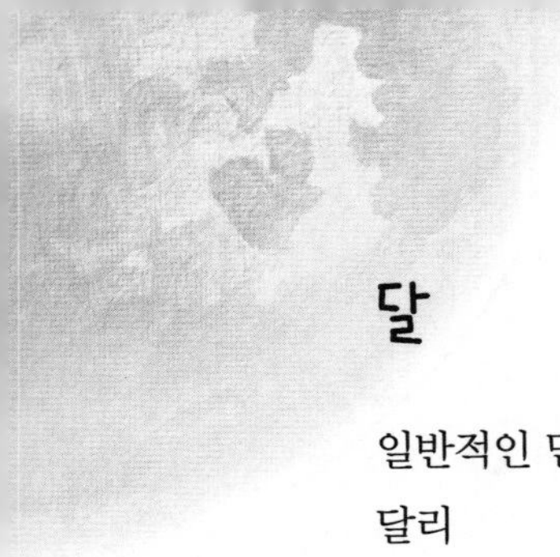

달

일반적인 믿음과
달리
달은

치즈가 아니라
여러 가지 화성암으로
이루어져 있다.

그리고

희망과
빛과
놀라움으로.

자지 않고 누워서

캘리가 우리 집 거실 요에서 자고 있다. 우리 집 거실에서. 그리고 내일 밤도 여기서 잔다. 어제 누군가가 오늘 일어날 일을 얘기해 줬다고 해도, 나는 그 말을 믿지 않았을 거다.

월요일 학교는 어떨지 궁금하다. 이제 모든 애들이 내가 "진짜 멋진 놈"이라는 걸 알게 됐을까? 다 괜찮겠지. 아마도, 아마도 그렇게 된다면…… 나는 양쪽에서 모두 다 이기는 거다.

달라졌다

춤을 추듯 교실로 들어서니
모든 것이

달라졌다.

모든 애들이
밝은 오렌지색 폴리에스테르 정장을
입고 있다는 사실 말고도
공기 중에 뭔가 새로운 기운이 있다.
가볍고
경쾌하고
애정으로 가득하다.

나에 대한.

아이비와 헤이즐이 교실 저쪽에서 손을 흔든다.
아이들이 어깨 길이였던 머리를 말아 올린다.
높이높이 말아서
머리가

진송의 머리만큼이나
짧아지고
짧아지고
짧아질 때까지.

내가 어떻게 된 일이냐고 묻자

아이들이 막 대답하려고 하는 순간,
소방 벨이 너무나 시끄럽게 울려 댔다.
마치 내 귀 바로 옆에서 울리는 듯이.

눈을 번쩍 떴더니
교실은
진송의 거실로 변해 버리고,
앉은뱅이 탁자 위에 올려 둔
진송 엄마의 휴대폰이
　　　울리고 있다.

일요일 소풍

진송과 종린이
돼지고기를 채운 롤을 가져오는 동안
나는 자리를 펼친다.

종린이 내 옆에 붙어 앉아서
내가 롤을 먹는 것을 본다.
"눈에 뭐가 들어갔어?"
물으면서 내 얼굴 쪽으로 자기 얼굴을 들이민다.

내가 웃는다.
"아냐, 종린. 윙크하는 거야."
틱이라고,
그냥 내가 하는 행동이야."
엄마와 플래그너 선생님이 아닌
다른 사람과 틱에 대해서 얘기하는 기분이 묘하다.

"아." 종린은 다시 자기 롤에 집중한다.
종린이 크게 한 입 베어 물고,
"그거 사람 미치게 하지 않아?"

진송이 종린의 머리를 한 대 쥐어박고,
"종린,
입에 뭐 가득 넣고 말하지 마!"

종린이 또다시 한 입 베어 문다.
"지금은 이게 나를 미치게 하네."

다진 돼지고기 조각이
종린의 입에서 접시로 떨어진다.

“사람들이 캘리의 틱 때문에 불편하다면”
진송이 말했다.
“그 사람들이 문제가 있는 거지
캘리는 아니야.”

진송이 나를 보고 윙크를 했고, 나도 윙크를 보냈다.
내 윙크는 의도한 게 아니었지만.

월요일, 월요일

진송의 엄마가 산부인과 검진을 가는 길에
우리를 내려 줘서
진송과 나는 학교까지 걸어 올라갔다.
게양대를 지나고
교실 앞문을 연다.

같이.

바지통이 허리보다 넓은
폴리에스테르 정장을 입은 아이는 나 하나인 것 같지만,
갑자기 나는 다시
꿈꾸는 듯한 기분이 들었다.

아이들이 쳐다본다. 웃으면서.
나를.

우리를.

이렇게 되는 건가?
꿈에서처럼?
이제 모두가 날 좋아하게 되는 거야?

파란색 작은 상자

교실 내 책상 위에
파란색 작은 상자가 놓여 있다.

내 건가? 그렇겠지.

열어 보고 싶지만,
이번에도 장난이면 어쩌지.

어깨 너머로 슬쩍 훔쳐본다.

덩컨이나 나일에게 별다른 조짐은 없다.
아니면 이상하긴 하지만, 진송인가.
하지만 진송에게도 별다른 조짐이 없다.

이상하다.

나는 머뭇거리며 상자 뚜껑을 들어 올린다.
안에는 하트 모양의 로켓*이 들어 있다.

> 사랑하는 캘리
> 우리가 영원한 친구가 될 운명이라는 걸
> 언제나 알고 있었어.

로켓을 열어 사진을 들여다본다.
아주 조그만 아이비 앤드루스다.

입가에 웃음이 사라졌다.
대체, 이게, 뭐지?

* 그림이나 사진 등을 넣어 목걸이에 다는 작은 갑을 말한다.

혼자만

베아트리스가 들어오면서
내 손에 들린 로켓을 보고
표정이 굳어진다.
가방에서 거칠게 책을 꺼내
쿵 소리가 나게 책상에 내려놓는다.

"자,
오늘은 또 어떤 괴상한 소리를 내실 예정이야,
캔털루프?"
베아트리스가 반 아이들 절반이 들을 수 있을 정도로 크게 말한다.

하지만
아무도
웃지 않는다.

나도 책을 꺼내고
칸 선생님이 말씀하신 대로 휴대폰 전원을 끄고
선생님을 기다린다.
"닭처럼 팔을 푸드득거릴 건가?"
베아트리스는 계속 말했다.
"아니면 이번에는 얼굴에 주먹을 날리려나?"
베아트리스가 깔깔 웃는다.
깔깔 웃는데,

혼자만 웃는다.

우리는 이제 끝이다

지각 경고 종이 울렸다. 덩컨과 나일이 그냥 나를 보내 줘서 제시간에 교실에 들어갈 수 있길 바랐다. 하지만 자신들의 질문에 대답하기 전에는 절대 보내 주지 않을 것이다. 질문이란, 대관람차 꼭대기에서 이상한 여자애와 손을 잡고 뭘 하고 있었냐는 것.

나는 눈을 가늘게 뜨고 어깨를 으쓱했다.

"니들이 그게 왜 궁금한데?"

이미 늦었지만 나는 다시 가려고 했다. 하지만 덩컨이 나를 뒤로 밀쳤다.

"야, 너 돈 거 아냐?"

덩컨이 말했다.

나는 순간 움찔했다. 이 자식이 지금 농담하나?

"아니."

내가 말했다.

"나, 그 애 좋아해. 됐냐? 내가 그 이상한 여자애 좋아한다고."

나일이 내 앞 길을 가로막았다.

"오우, 그래서 걔가 입고 다니는 그 괴상한 옷도 맘에 들고?"

"그래."

내가 대답했다.

"그래, 맘에 들어. 그런데 학교에만 그렇게 입고 오는 거야. 사람들이 틱에 신경 안 쓰게 하려고."

말하자마자 후회했다. 젠장. 말하고 말았네.

덩컨이랑 나일이 깔깔거리고 웃더니 캘리 흉내를 냈다. 머리를 휙휙 돌리고 입술을 쑥 내밀어 잔주름을 만들면서.

“그만해, 그만하라고. 어?”

아이들은 멈추지 않았다.

나는 주먹을 움켜쥐었다.

“그만하라고 했다!”

이제 그 애들은 개구리 울음소리를 낸다. 믿을 수가 없다. 이제 이 녀석들과는 끝이다.

나는 공을 던질 때처럼 팔을 뒤쪽으로 쑥 뺐다가 아이들을 향해 주먹을 날렸다. 덩컨 먼저, 그다음엔 나일. 입맞춤을 하려는 듯 내밀고 있는 입술에 정통으로 말이다.

나는 잽싸게 복도로 달려가서 교장실 밖 의자에 앉았다. (어차피 부르실 테니까.)

바보 같은 말

나는 늘 플래그너 선생님이 한 말이
참 바보 같다고 생각했다.

어떤 것에 대해서
말하지 않는 게
그것을
더 잘 이해하게 해 주나?

입도 뻥긋하지 않고 조용히 있는 것보다야
말이라도 하는 게 훨씬 낫지 않나?

나는 아직 아이이고
선생님은 어른이지만,
내가 생각하는 바는 이렇다.

플래그너 선생님이 틀렸고,
엄마도 틀렸고,
두 분의 충고는 틀렸다.

투렛을 숨기려고 하는 바람에
역효과만
엄청 났다.

쉬는 시간에

나는 바움가르트너 선생님의 상담실로
서둘러 내려갔다.
문은 열려 있지만
선생님은 안 계신다.

책상에
포스트잇이 있다.
한 장을 뜯어내고
내 행운의 펜도 꺼낸다.

선생님께,

선생님 말씀이 맞았어요!
감사합니다.

진심으로,
칼리오페 준

체육 시간에

"진송이 봤니?"　　　"아니."
"진송이 봤니?"　　　"아니."
"진송이 봤니?"　　　"아니."

영웅에서 머저리로

마침내 엘리슨 교장 선생님이 문을 열고, 안으로 들어오라고 하셨다. 조금 있으니 덩컨과 나일이 성난 눈초리와 부어터진 입술을 하고 들어왔다.

교장 선생님이 덩컨과 나일에게 여러 질문을 하는 동안 나는 내 운동화 끈을 바라보고 있었다. 나에게는 어떤 것도 묻지 않으셨다. 바로 그때 우리 학교의 무관용 방침이 생각났다.(특히 학생회장에게는 더 엄격하다) 그리고 그때 교장 선생님이 나를 데려가라고 엄마께 전화하라고 하셨다.

점심 시간에

아이비가 같이 점심을 먹자고 한다.
자기랑 헤이즐이랑 귀네스랑.
　　하지만 그래야 할지 확신이 안 선다.
좀 이상했다. 이 아이들이 난데없이
나와 친구가 되고 싶어 한다는 게.

하지만 그 아이들의 식탁은
훨씬
더
좋다.
쓰레기통 옆의 더러운 식탁보다.
아직 손에, 발에, 입에 병이 안 생긴 걸 보니
나는 운이 좋다.

나는 헤이즐 옆의 빈자리에 앉아
주스 팩에 빨대를 꽂는다.

심문이 시작됐다.
이번에는 모두
진송에 대한 질문들.

　“언제부터 서로 좋아한 거야?”
　“학교 마치고 나서 둘이 만나고 그래?”
　“진송이가 제일 좋아하는 색깔은 뭔데?”
　“키스도 했어?

우연히 식당 건너편을 보았더니
베아트리스가 막 점심 줄에서 점심을 받아 나오고 있다.
베아트리스가 나를,
내 목에 걸고 있는 로켓을 빤히 보더니
머리를 절레절레 흔들며
음식이 가득한 식판을 들고 밖으로 휙 나가 버린다.

자화상

원래는 하얗던
캔버스 위에

붓을 둥글게 돌려
금빛 동그라미를 칠한다.

그것을 웃으면서
두 손으로 들고 있는 아이의

긴 머리가 등 뒤에서 풍성하게 부풀어 올라
황금물결을 이룬다.

원래는 하얗던
캔버스 위에

땅은 회색으로 칠하고
하늘은 까맣게 칠한다.

에인슬리 선생님이 지나가다 보시고
"근사하다!"라고 하신다. "제목은?"

나는 붓을 펜으로 바꿔 쥐고, 그리고
큼직하게 휘갈겨 썼다.

달을 향해 날아가는 칼리오페 준

원래는 하얗던
캔버스 위에.

다음 차례는 나

열두 명만이
달 위를 걸어 보았다.

분화구를 보고
산을 보고
계곡을 봤다.

장갑을 끼고
달의 고운 입자를 만져 봤다.

금색으로
은색으로
갈색으로

희미하게 빛나는 그 작은 입자들을.

복도에서

누가 내 어깨 중간을 쿡 찔러서
진송이었으면 하고 냉큼 돌아봤더니
베아트리스였다.

"경고해 주고 싶어서 말이야."
억지웃음을 지으며 베아트리스가 말한다.
"아이비랑 그 애 친구들,
네가 좋은 척하지만, 그냥 척만 하는 거야.
    진짜로는 아냐."

"무슨 얘길 하는 거야?" 내가 묻는다.
내가 왜 이 애의 말을 믿어야 하지?

베아트리스가 비웃듯이 말한다.
"네 목에 걸고 있는 로켓?
아이비가 작년에 나한테 준 거랑 똑같아.
그러더니 몇 주 지나서 다시 가져가더라.
그러니까 가지고 있을 때 즐겨.
네게 볼일을 다 보면
아이비랑 그 애 친구들이

널
버려
버릴 테니깐.

단물 다 빨아 먹은 풍선껌 뱉듯이."

소문

월요일은 엄마가 가장 바쁜 날이다. 병원 검진이 있고, 장을 보고, 점심에는 친구들과 만나고, 종린을 쿵푸 수업에도 데려다줘야 한다. 그래서 나는 5교시가 끝날 때까지 엄마를 기다려야 한다. 보통 때라면 하루 종일 수업을 빼먹는 것에 신경을 쓰지 않았겠지만, 오늘은 아이들이 교장실 창문가에 와서 나를 볼 때마다 눈이 휘둥그레지니 신경이 쓰인다.

그렇다. 덩컨이랑 나일이 소문을 낸 거다. 진송 펭, (모든 아이들의 친구이어야 할) 블랙리지 학생회장이 정학을 당했다고.

어디 있는 거지?

과학 시간에 진송의 빈자리를 보고 있는데
베아트리스가 말한다.
“진송이 정학당했대.
이게 다 너 때문이야.”

저 애, 정말 진절머리 난다.
내내 거짓말에다가 비웃기나 하고.

분명히 진송이
일찍 집에 갈 만한
이유가 있었을 거야.

아픈가?
엄마가 애기를 낳으셨나?

칫솔은 싫어

엄마와 같이 차 안에서 3분을 있느니 차라리 교장실에서 1년을 보내는 게 낫겠다. 내 평생 제일 긴 180초였다. 묻지도 않고, 일장 연설을 늘어놓지도 않고, 소리를 지르지도 않고, 그저 아들에게 실망했다는 듯 딱딱하게 굳은 엄마의 얼굴이라니.

엄마는 벌로 내가 3일 후에 학교로 돌아갈 때까지 끝내야 할, 끝도 없는 집안일 목록을 건네주셨다. 내가 제일 싫어하는 일 두 개도 들어 있었다. 욕조 닦기(칫솔로)와 변기 닦기(이것도 칫솔로).

"그리고 일찍 끝내면"

엄마가 덧붙였다.

"처음부터 다 다시 하도록."

더러운 옷 세탁하기가 목록에 없다니 무척 아쉽다. 오늘 밤에는 캘리가 정말 보고 싶다.

좋았다

마지막 종이 울리는 순간
여자애들이 모두 내 주위로 몰려들었다.
나는 수백 번의 "잘 가"라는 인사와
　　포옹과
　　하이파이브를 받았다.
나는 웃으면서 모든 것을 흠뻑 받아들였다.
오늘이 더 좋다
핼러윈보다
　　크리스마스보다
　　　　내 생일보다.
베아트리스가 이걸 망치도록
내버려 두지 않을 거다.
질투가 나서 그러는 거겠지.

행복한 소녀

콧노래를 하면서
집으로 향한다.
철사로 엮은 울타리를
손으로 퉁퉁 퉁기면서 간다.

목걸이를
진송에게 보여 주고 싶어 죽겠다.
아프거나 다친 게 아니기를.
다른 손은 주머니에 넣어
나의 용기 위에 얹고
노래를 부른다.

"주머니에 양귀비가 있는
　　행복한 소녀
로켓에는 친구가 있는
　　행복한 소녀."

노래를 부르느라, 학교를 벗어나서야
알아차렸다.

어떤 차가
나를 따라오고 있다는 걸.

낯선 사람

아, 큰일이다.
아마도
나쁜 사람일거야.
저 사람은
나를 잡아채서
검정색
고급 차에 태우고
멀리 가 버릴 거야.
네바다주로 끌고 갈까?
맞아.
차 번호판이
네바다주 번호판이야.
운전대를 잡고 있는 남자를
흘깃 본다.
잘생겼다.
키도 크다.
검정 뿔테의
안경을 써서
똑똑해 보인다.
그 사람이 내게 윙크를 하고
미소를
짓는다.
틀림없어.

틀림없어.
저 사람이
나를 납치할 거야.

위험

머릿속에서 어떤 장면이 펼쳐진다.

차가 나를 태우고 쏜살같이 달아난다.
사막 한가운데로 데려가서
작열하는 태양 아래에 나를 썩어 가도록 버려둔다…….

심장이 쿵쾅거린다.
너무 겁이 나서 뛸 수조차 없다.
나는 담장에
등을 바짝 대고 있고,
바퀴는 천천히 다가온다.

더 가까이
더 가까이

나는 코팅한
양귀비처럼
인도 쪽으로 찰싹 붙어서

잡아채지기를

기다리고 기다린다.

저리 가

"칼리오페?"
누가 내 이름을 부른다.
정확하게.

저리 가. 날 좀 내버려 두라고.

"칼리오페, 나야."

얼굴을 가린 손가락 사이로 보니
검정 곱슬머리가,
붉은 입술이,
걱정돼서 미간으로 쏠린 두꺼운 눈썹이 보인다.

"엄마?"

엄마는 몸을 숙여
두 팔로 나를 껴안는다.
"귀염아, 엄마 왔어!"

엄마는 낡은 청바지를 입고 있지만
얼굴은 새것 같다.
온통 반짝반짝하다.
촛불이라도 받고 있는 것처럼.

나는 엄마 목을 끌어당겼다.
"저 사람은 누구예요?"

"르노란다, 귀염아.

새 아빠야!"

뭐라고? 말도 안 돼.
플로리스트 대회는 내팽개치고
곧장 결혼식을 치른 거야?

말도 안 돼.
말도 안 돼.
말도 안 돼.
말도 안 돼.
말도 안 돼.

대체 엄마는 제정신인 걸까?

예외

아빠가 일찍 집에 들어오셨다. 아빠가 가방을 소파에 내려놓기도 전에 엄마가 오늘 아침에 일어난 일을 설명했다.

"잘했다."

넥타이를 풀면서 아빠가 말했다.

나는 씩 웃었다.

엄마는 웃지 않았다.

"여보!"

엄마가 말했다.

"이게 뭐 잘한 일이에요."

"잘했다마다. 친구를 위해서 싸워 준 거잖아."

엄마는 개키고 있던 조그마한 아기 수건 뭉치를 던지며 고개를 절레절레 저었다.

"어찌 됐던 간에, 사람을 때린 건 잘못한 거죠."

"어찌 됐던 간이 아니지. 뭐든 예외가 있는 법인데."

아빠가 나를 보고 말했다.

"진송, 잘했다, 우리 아들."

엄마는 지난달 도미노 피자에서 시켰던 불 맛 닭날개 봉을 먹었을 때와 똑같은 표정을 지었다.

나는 야구 모자를 눈썹 바로 위까지 푹 눌러쓰고, 부엌으로 뒷걸음질 쳤다. 이 대화에서 빠져나가는 중이다.

공중제비

르노 아저씨는
언뜻 봐도
전혀 엄마 타입이 아니다.
흠잡을 곳 없는
옷을 입고
검정색 고급차로
나를 집까지 태워다 주겠다고 한다.

"괜찮아요."내가 말한다.
그리고 걸어간다.
엄마가 나를 말리지 않아서 다행이다.
어쩌면, 혹시라도 어쩌면
참나무 앞에서 진송을 만날지도 모르니까.

나는 혼란스러운 마음으로 천천히 걸었다.
먹은 것들이 위에서
공중제비를 돈다.

"엄마가 결혼했어."
참나무에 새로 돋아난 눈에게 속삭인다.
"어떻게 그럴 수가 있지? 나한테 말도 없이."
이게 혹시 그 어처구니없는
라스베이거스의 드라이브 스루 결혼*인가?

엄마가 한 결혼이 그것인 것 같다.

* 차를 타고 지나며 결혼 수속을 밟는 방식을 뜻한다. 라스베이거스는 다양한 형태의 결혼식이 열리고 결혼수속이 손쉬운 곳으로 유명하다.

화분들

섬너 선생님의 현관에
새 화분들이 나와 있다.
파란색 화분들이
조그맣고
텅 비어
쓸쓸해 보이는 것이
지금 내 기분 같다.
하지만 섬너 선생님이 뒤뚱거리며 나오시더니
화분을 하나씩 채운다.

꽃으로
흙으로
사랑으로

자주색 팬지와
노란색과 흰색의 수선화로,
가운데는 한밤중처럼 새까맣고
꽃잎은 새빨간 근사한 것으로.

통증

잠시 동안 진송을 기다리다가
위의 통증이 너무 심해져서
빨리 걸어서 집으로 간다.

문간에 다다랐을 때에야
엄마의 결혼이 의미하는 것이 무엇인지를 깨달았다.
그것은 바로

열쇠를 움켜쥐고
짐을 차에 싣고
떠나서
뒤돌아보지 않는 것이었다.

점심으로 먹은 피자를 모두 토했다.

스트라이크 아웃

전화가 울렸다. 나를 찾는 전화라서, 엄마는 내가 먼지 터는 일을 잠시 쉬게 해 주셨다.

"여보세요?"

전화를 건 사람이 한참 뜸을 들인다.

"진송, 잘 있니? 학생회 지도 선생님이다."

칸 선생님의 목소리는 부드럽고 느렸다.

이런. 좋은 소식일 리 없다.

"오늘 아침 일로 교장 선생님하고 얘기를 나눠 봤는데 말이다."

나는 입술을 잘근잘근 씹었다. 날씨가 더워지고 있나?

칸 선생님이 계속했다.

"학생회를 위해서, 남은 학기 동안 제임스 매킨리가 학생회장직을 맡도록 임명하는 것이 좋겠다고 판단했단다."

방이 핑핑 돈다. 이럴 수는 없다. 그런데 그랬다. 예상했어야 하는 일이었다. 어쨌든 첫날 굵은 글씨로 쓰인, 이 한 문장이 들어 있는 서약서에 서명을 했으니까.

품행상의 문제를 일으켰을 경우, 학생회에서 제명당할 수 있다.

뭐라고 말해야 할지 모르겠다. 나는 학생회를 실망시켰다. 칸 선생님을 실망시켰고, 진송 펭을 실망시켰다.

내가 틀렸던 것 같다. 양쪽 다 이길 수는 없는 거였다. 사실은 양쪽에서 다 졌다. 나는 스트라이크 아웃이다.

"유감이다."

칸 선생님이 말했다. 나만큼은 아니겠지.

모든 것이 완벽할 때

나는 믿을 수가 없어
침대에 누워 천장만 본다.
엄마가 내 옆에 앉아서
엄마 다리에 내 손을 올려놓는다.
엄마는 새로운 소식에 내가 기뻐할 거라고 생각하셨다.

"라스베이거스가 맘에 들 거야." 엄마가 말한다.
"큰 새집에서 살게 될 거야." 엄마가 말한다.
"복고풍의 치마를 더 살 만큼 돈도 있고." 엄마가 말한다.

어쩌고저쩌고
어쩌고저쩌고
어쩌고저쩌고

마침내 모든 것이 완벽한 바로 이때.
모든 것이 괜찮아지고 있는 이때.
엄마가 가야 해서 다 망쳐 버린다.
내게서 그걸 몽땅 빼앗아가 버린다.
엄마가
내 황금물결을
빼앗아가 버린 것처럼.

톰 아저씨는?

나는 베개에 머리를 깊이 파묻었다.
"톰 아저씨는 어쩌고요?
잘돼 가고 있던 거 아니었어요?
다 잘돼 가고 있다고 생각했는데."

엄마는 둥둥 떠다니는 깃털처럼
부드럽게 말을 꺼낸다.
내 어깨를 톡톡 다독이며,
"괜찮았지. 하지만 르노 아저씨가 최고야.
르노 아저씨는 엄마가 원하던 모든 것을 다 가졌어."

남자

아빠가 있었다. 한때.
그러고 나서는
　　늘
　　늘
엄마의 남자 친구들만 있었다.

하지만 내가 원하는 건,
정말 원하는 건,
그냥 엄마와 나, 둘만 있는 것.

　　남편 없이
　　반지 없이
　　남자 친구 없이
　　꽃 없이
　　데이트 없이
　　전화 없이
　　저녁 식사 없이.

이것이 내가 남자에 대해서
말하고 싶은 전부다.

어어, 이런

저녁을 먹기 직전에, 종린이 쿵쾅거리며 화장실로 들어왔다.

"캘리 누나가 문 앞에 있어!"

나는 변기를 닦던 칫솔을 내려놓고 급히 거실로 나갔다.

"안녕!"

캘리를 보고 인사했다. 그러고 나니 캘리가 몸을 홱홱 움직이고, 동시에 덜덜 떨면서 우는 게 눈에 들어왔다. 이런. 대체 무슨 일이람?

"오늘 어디 있었어?"

캘리가 물었다. 질문이라기보다는 심문에 가까웠다.

"교실에도 없고, 과학실에도 없고, 참나무 앞에도 없고 말이야."

캘리가 하도 훌쩍거려서 겨우 알아들을 수 있었다.

"알아."

내가 가슴을 문지르며 말했다.

"미안해. 나 정학당했어."

캘리가 울음을 뚝 그쳤다.

"그럼, 베아트리스가 말한 게 진짜였단 말이야? 어떡해, 무슨 일이 있었는데?"

내가 티셔츠의 보풀을 떼어 내며 말했다.

"내가, 어…… 덩컨이랑 나일을 패 줬어. 치사하게 굴길래."

캘리가 눈물을 닦았다.

"어머!"

"그래, 완전 짱인 날이었어."

캘리의 목소리가 높게 올라갔다.

"나는 완전 기분 좋은 날이었는데."

캘리는 또다시 엉엉 울기 시작했다. (여자애들이란. 도대체 나는 그 애들을 이해할 수 있을 것 같지가 않다.) 캘리가 어깨를 으쓱하며 말한다.

"그래서 엄마가 전해 준 소식이 더더욱 우울해."

내가 주머니에 손을 찔러 넣는다.

"무슨 소식인데?"

"우리, 금요일에 라스베이거스로 이사 간대."

아무렇지도 않게 행동하려고 했지만, 꼭 전기 콘센트에 손가락이 낀 것 같은 기분이다.

"라스베이거스로 이사를 간다니?"

캘리가 자기 몸을 감싸 안는다.

"엄마가 라스베이거스에 사는 어떤 사람이랑 결혼을 했어. 지금 우리 집에 있어."

셋이 먹는 저녁

르노 아저씨는 엄마와 나를 데리고
저녁을 먹으러 나갔다.
새로운 가족이 된 것을 기념하기 위해서.
하지만 나는 먹지 않았다.
또 토할까 봐 겁나서.

디저트를 먹을 때 엄마가 나한테
졸라매는 끈이 달린 작은 주머니를 내민다.
"여행하다가 너 주려고 샀어."

내가 주머니를 열어서
보랏빛으로 뭉쳐 있는 삐죽삐죽한 돌을 꺼내자
엄마와 르노 아저씨 둘 다 미소를 짓는다.

"자수정이야." 엄마가 말한다.
이미 알고 있다.
자수정은 내 탄생석이니까.
"컨벤션 센터 옆에 가게가 있더라.
너는 돌을 수집하니깐, 좋아할 것 같아서."

사실이다
내가 돌을 좋아하는 건.
다른 환경에 있는 돌이라면
더더욱 좋아한다.
엄마가 나를 위해 가져와 줬으니 신나야 할 테지만,

빨간 사암이 나의 마지막 수집품이 되기를
정말 간절히 바랐다.
열한 번째와 열두 번째의
　　빈 공간은
　　빈 채로 그렇게 남아 있었으면 했다.

자수정을 주머니 안에 넣으며 내가 말했다.
"우리 이제 집에 가면 안 돼요?"

이삿날

엄마가 학교가 끝나는 대로
바로 집으로 오라고 했다.
오늘은 이삿날.
내가 집에 돌아오면,
엄마는 딱정벌레에
　　짐을 모두 싣고
　　떠날 준비가 되어 있겠지.

엄마가 막바지까지 물건들을
딱정벌레에 구겨 넣느라 바빠서
학교에는 걸어가야 했다.

르노 아저씨는 검정색 고급차를 타고
벌써 라스베이거스로 돌아갔다.
우리랑 같이 타고 가지 않아서 무척 다행이다.
모든 것이
영원히
바뀌기 전까지,
또는 엄마가 마음을 바꾸기 전까지
엄마는 온전히 내 차지일 테니까.

엄마가 손을 내밀어
인사한다.
"웃어, 귀염아. 오늘은 아주 좋은 날이잖아!"
천만에.

바깥은 해가 쨍쨍할지 몰라도
나는 비를 잔뜩 머금은
짙은 먹구름으로 가득해서
눈에서 끊임없이
주룩주룩 비가 내린다.

충분한 것

나는 양귀비를 지니고 다닌다.
    용기를 얻으려고.
그런데 그것만으로는
충분하지 않았나보다.
오늘 같은 날에는
그 어떤 것이
충분할 수 있을까?

그때 파란색 새 화분들이 생각났다.
섬너 선생님의 현관에 있던
그 파란색 새 화분들이.

그래서 나는 달리기 시작했다.

주머니 가득한 양귀비

섬너 선생님은 안에서
텔레비전을 보고 있다.
창문으로 화면이 번쩍이는 게 보인다.

나는 두 손 두 발로 기어서
계단을 올라간다.
재채기가 막 나오려고 하지만
참는다.

털 뭉치를 가지고 노는 고양이처럼 민첩하게
양귀비 줄기를 낚아채서
홱 잡아당긴다.
통째로
흙까지 모두 뽑아서
내가 제일 좋아하는 짧은 청바지
뒷주머니에 쑤셔 넣는다.

이제 더는 구닥다리 옷은 입지 않는다.

복학

나는 최대한 빨리 강당을 지났다. 수군거리는 아이들 무리는 개의치 않는다. 여자애들이 나를 무시하는 것도. 새로 블랙리지 학생회장이 된 제임스 매킨리도. 그리고 '뭔가 재밌는 건수가 생겼어'라는 표정을 짓는 덩컨이나 나일도.

내일 있을 야구 선발전이 어떻게 될지 궁금하다. 내가 로열스 팀에 뽑힐까? 아니면 덩컨이나 나일 중에서 하나가 될까? 나는 토드 코치님과 보름에 한 번씩 만났는데, 덩컨이랑 나일은 야구 연습장을 엄청 자주 갔다.

어떻게 되든 간에, 우리가 더는 친구가 아니라는 사실 덕분에 그 애들과 경쟁하는 마음이 오히려 더 편해졌다.

한 가지 좋은 점

국어 시간에
막 내 자리에 앉으려는데,
뒤에서 목소리가 들려왔다.
"네 엉덩이에서
꽃이 한 무더기 자라고 있어."

어깨 너머로
내 뒷주머니를 보니
섬너 선생님의 현관에서
훔친 양귀비로 주머니가 불룩하다.

나는 뒤로 돌아서
베아트리스의 눈을 똑바로 보고 말한다.
"있지, 베아트리스.
나 지금 우리 엄마한테 엄청 화가 나 있거든.
또다시
이사를 가야 해서 말이야.
그런데 지금 생각해 보니
이 학교를 떠나게 돼서

한 가지
좋은
점이 있었네.

다시는 너를 안 봐도 된다는 거 말이야."

나는 비웃으며
내 의자에 앉았다.
흙과 양귀비를 사방으로 흩뿌리며.
"아, 참." 다시 뒤돌아보고
"내 꽃이 맘에 든다니 기쁘네."

베아트리스가 자기 다리를 내려다보면서
바인더를 꺼낸다.

사랑해 쪽지

책상에
사랑해 쪽지가 놓여 있다.
첫 번째 것을 읽는다.

사랑해.
이사를 간다니 너무 서운하다.
데이트라도 할걸.

나일 재크스

두 번째 것을 읽는다.

이사를 간다니 너무 서운하다.
너랑 데이트하고 싶었는데.
너는 엄청 근사해.
남자 친구를 사귀지 않았으면 좋겠다.
너를 정말 좋아하거든.

사랑을 담아,
덩컨 그레이

오늘은 그만

나를 흠모하는 애들이
내가 울거나 뛰쳐나가기를 기다리며
내 뒤에서
부산스럽게 구는 소리가 들린다.

오늘은 그만해라, 애들아.
나는 일어나서

뚜벅
뚜벅
뚜벅

걸어가서
얼굴을 마주 보고 선다.

쫘아악
쫘아악

찢어진 종잇조각들이 바닥으로 나풀나풀 떨어진다.
"찌질하게 굴지 마."

아이비의 식탁

나는

앉아서
웃으며
점심 도시락을 연다.

그 아이들은

얼굴을 찡그리고
일어나서
쓰레기통 옆 식탁으로 옮긴다.

왜 저러는 거지?
덩컨과 나일에게
내가 한 짓을 봤나?

베아트리스의 말이 맞는 건가?
아이비와 그 친구들이 내게
볼일을 다 본 건가?

아이비가 로켓을 다시 가져가진 않았지만,
우정은
다시 가져가 버린 것 같다.

오래된 친구

음식을 받아서 캘리와 같이 아이비 무리가 앉는 식탁에 앉았다. 아니, 아이비 무리들이 앉던 식탁에. 무슨 이유인지 아이비와 그 친구들은 쓰레기통 옆 식탁에 앉아 있었다.

캘리가 말했다.

"우와. 빨리 받았네."

"베아트리스가 자기 앞에 서게 해 줬어."

나는 타코를 베어 물었다.

"아, 그렇지. 잊어버리고 있었다."

캘리가 자기 샌드위치를 내려놓았다.

"너희 둘…… 친구지?"

"꼭 그렇지도 않아. 뭐, 그렇다고 할 수도 있고."

나는 베아트리스와 내가 어떻게 친구가 되었는지 이야기해 줬다. 베아트리스의 부모님이 이혼하고 엄마가 콜로라도로 가 버리기 전까지는 얼마나 친했는지도. 그리고 베아트리스의 엄마가 아이 세 명을 건사할 수가 없어서 어린 동생들 둘만 데려가고, 베아트리스는 이곳에 남게 됐다는 것도.

"그리고 그때부터 베아트리스가 사람들한테 함부로 하기 시작했어."

내가 말했다.

"나한테까지도. 한 번은 수영 수업에서 베아트리스가 자기 눈을 옆으로 잡아당기고는 '이것 봐라. 나는 진송이다!'라고 해서 애들이 모두 다 깔깔대고 웃었어. 다들 그게 엄청 재미있다고 생각했거든."

캘리가 슬픈 미소를 지었다. 그 생각을 하니 나까지 슬퍼졌다.

다음 부분은 아무도 듣지 못하게 조그맣게 속삭였다.

"지난여름에 가족들끼리 다 같이 파인밸리로 캠핑을 갔거든. 그때 베아트리스가 자기 엄마한테 얼마나 화가 나 있는지를 말하더라. 근데 엄마가 여기 없으니 그 화를 다른 사람에게 푸는 거지."

나는 타코에서 토마토를 모두 골라내서 접시에 작은 산을 쌓았다.

"그래도 아주 깊이, 그랜드캐니언만큼 깊이 내려가 보면 베아트리스는 여전히 내가 알던 그 친구라고 생각해."

베아트리스

떠나 버리고
남겨지고
버림받고
포기해 버리고.

분명히 엄마는 내게 적절치 않은 충고를 했고,
엄마의 데이트 결정은
내 삶을 망쳐 놓았지만,
그래도 엄마는 나와 같이 지지고 볶고 있다.

적어도 나는 엄마가 있다.

마지막 종이 울리고 나서

사물함도 깨끗하게 비웠고
갈 준비가 됐지만
발이 바닥에 달라붙은 것 같다.

복도 건너편에
베아트리스가 서 있다.
입꼬리가 축 내려가서, 손에는 책을 들고.

어떤 생각이 퍼뜩 떠올라서
숨이 턱 막혔다.
붕 하고 지나가는 혜성이 내 가슴을 때린 것처럼.

가방 안을 뒤져
내 행운의 펜과 종잇조각을
찾는다.

편지

베아트리스에게

이 양귀비꽃이 엄청 예쁘지는 않아.

사실 이건

　　잊히고

　　시들고

　　버려졌다가

　　여러 달 동안 내가 매일 깔고 앉아서

　　납작해진 거야.

하지만 그래도 괜찮다면,

이 꽃이 네게 용기를 가져다줄 거야.

다시 괜찮은 아이로 돌아갈 용기를

다시 진짜 베아트리스가 될 용기를.

진송과도 곧 다시 같이 놀게 되면 좋겠다.

너의 친구

캘리 준

추신: 네가 원한다면, 라스베이거스에 도착하는 대로

로켓에 넣은 사진을 이메일로 보낼게.

베아트리스의 사물함

편지로
선물을 싸서
가장 넓은 구멍으로 그것을 밀어 넣고
그리고
귀 기울이고 귀 기울여
듣는다. 그것이

떨
어
지
는

소리를.
툭! 하고 바닥에 부딪히는 소리를.
지금 내 가슴이 내는 소리와 똑같은 소리를.

같은 생각

진송과 나는
계양대 옆 정문에서 만났다.
오래된 참나무 앞 대신에.
우리는 느린 것보다 더 느리게 걸었다.
왜냐하면 집에 도착하자마자 나는
딱정벌레에 올라타서 영원히 떠나야 할 테니까.

사우스 700번지,
모퉁이 하나만 더 돌면 집.
진송은 모퉁이를 돌았지만
나는 계속 앞으로 걷는다.

　　“어디 가는 거야?” 진송이 묻는다.

나는 멈춰서
손등으로 눈물을 훔친다.
“달에 대해서
알고 싶은 거 있어?”

　　“그럼.”

“달은 계속해서
지구에서 멀어지고 있어.”

　　“말도 안 돼.”

“말이 돼. 그리고

1년에 3.7센티미터씩 움직이고 있어서
언젠가는 영원히 사라져 버릴 거야."

진송이 내게 걸어와서
내 얼굴 가까이에 대고 말했다.
"그래도 안 그랬으면 좋겠다."

나는 침을 꿀꺽 삼키고, 조그맣게 대답했다.
"나도 그래."

우리는 걷고 또 걸어서
공원이 나올 때까지
멈추지 않았다.

고백

"고백할 게 있어."

키 큰 나무 아래에 앉자 캘리가 말했다.

"네가 밸런타인데이에 준 양귀비 꽃다발 있잖아."

"응?"

"그거 음식물 쓰레기통에 버렸어."

내 입이 씰룩씰룩한다.

"나도 고백할 거 있어. 나, 창문으로 그거 다 봤어."

우리는 웃었다.

"미안해."

캘리가 무릎을 가슴까지 끌어안고 말했다.

"네가 좀 치사하다고 생각했거든. 그 꽃들을 보니까 내가 아이들과 참 못 어울린다는 생각도 들었고."

나는 어깨로 캘리를 툭 쳤다.

"당연히 그 애들하고는 안 맞지. 그래서 내가 널 좋아하는 건데."

치즈 볼

진송이 가방을 열더니
작은 치즈 볼 봉지를
꺼낸다.

그걸 보니 내가 처음
세인트조지로 왔던 때가 생각났다.
그때는 내 가슴이
텅 빈 느낌이었는데,
이제는 꽉 채워졌다.

떠나게 되면
또다시
텅 비게 될까?

나눠 갖는 법

진송이 치즈 볼 봉지를 열자마자
치즈 볼을 가져가려고 진송 쪽으로 몸을 기댔다.
하지만 진송이 재빨리 팔을 뻗어
못 잡게 한다.

"이봐, 아기가 태어나면" 내가 말했다.
"나눠 갖는 법을 배워야 할걸."

"벌써 알고 있거든."
진송이 치즈 볼 두 개를 입안에 던져 넣는다.
"나, 종린이랑 같이 살고 있잖아, 잊었어?"

나는 가능한 한 길게 손을 뻗어서
진송이 갖고 있던 봉지를 낚아챘다.

"아, 우리 엄마가 갖고 계신 게
뭔지 알았어."

나는 꺅 소리를 질렀다. "뭔데……?"

"뭐라니?"

"뭘 가지셨는데?"

진송이 치즈 볼 하나를 더
깨물어 먹으면서 말한다. "아기."

나는 풀을 한 움큼 뜯어서

진송의 얼굴에 던진다.
“딸인지 아들인지 묻는 거잖아.”

진송이 풀을 털어 낸다.
“아하, 그거. 딸이래.
엄마가 아기 이름을 준 (JUNE*)이라고 짓고 싶으시대.
6월 1일에 태어날 예정이라고.”

목이 콱 메었다.
6월은 최고의 달이다.

* ‘JUNE’은 6월을 말한다.

6월엔

집으로 오는 길에
졸음에 겨운 운전자도 없고,
눈도 없고,
하얀색도 없고,
춥고 깜깜한 밤도 없고,
얼어붙은 도로도 없고,
커다란 녹색 두꺼비와
막대 아이스크림과
깔깔대면서
스프링클러 사이를 뛰어다니며 보내는
길고 더운 낮들만 있지.

낮은 창문 근처

캘리는 두꺼비에 대한 이야기를 그칠 줄 모르고 계속했다. 그래서 캘리에게 줄 두꺼비를 찾으러 갔다. 덤불 속을 샅샅이 뒤지고, 건물 아래를 찾아보고, 공원에 있는 커다란 돌들은 죄다 뒤집어 보았다. 결국 길까지 건너서 몇몇 집들 앞에 땅 쪽으로 낮게 난 창문 주위를 살펴보았다. 아니나 다를까, 낙엽 더미 아래에서 꼼지락거리고 있는 녀석을 하나 발견했다. 회색과 초록색이 섞인 놈으로 아주 잘 뛰었다.

나는 서둘러 돌아와서 캘리의 다리 위에 두꺼비를 올려놓았다.

"자, 여기 있어. 너를 위한 아주 못생긴 두꺼비야."

캘리가 숨을 들이켜며 놀라는 척하고는 두꺼비를 들어 올렸다.

"뭐? 못생겼다고?"

캘리가 두꺼비를 돌려서 두꺼비 얼굴을 바라보았다.

"넌 잘생겼지, 그치?"

두꺼비가 끈적거리는 혀를 쏙 내밀더니 캘리의 인중을 핥았다.

"윽!"

캘리가 소리 지르면서 두꺼비를 던져 버리자, 두꺼비가 건물 쪽으로 팔짝팔짝 뛰어갔다.

우리는 데굴데굴 구르며 웃었고 멈출 수가 없었다. 볼이 얼얼하고, 눈물이 났지만 기분은 최고였다.

나는 바로 앉아서 셔츠로 눈을 꾹꾹 눌러 눈물을 닦았다. 캘리의 짧은 머리가 햇빛을 받아 반짝이는 모습은, 한 대 세게 얻어맞은 것처럼 인상 깊었다. 아, 캘리가 정말 보고 싶을 것 같다.

"중추절 밤 기억나?"

내가 물었다.

"내가 수수께끼를 냈는데, 네가 못 맞췄던 거."

캘리가 킥킥거리며 웃는다.

"응."

"그때 네가 상을 못 받아서 기분이 별로였어."

"대단한 것도 아닌데 뭐."

캘리가 어깨를 으쓱했다.

대단한 게 아니라고? 대단한 것도 아니란 말이지? 음, 대단한 건데. 나는 숨을 깊게 들이마시고 말했다.

"음, 어쨌든 너한테 상을 주기로 했어."

"어머!"

캘리도 똑바로 앉았다.

"그걸 가지고 왔어?"

나는 고개를 끄덕였다. 뭔가를 찾는 것처럼 손을 주머니에 찔러 넣고.

"눈 감아 봐. 몰래 보기 없기다."

캘리가 눈을 감자 나는 선물을 주었다. 캘리 준에게 입맞춤을 했다.

나는

나풀나풀 날고

　　둥둥 떠다니다

두둥실 날아올라

높이
높이
높이 하늘로

노래를 부르면서

　　미끄러지듯 흐르고

훌쩍 날아

더 높이
날아올라
구름 속으로

춤추면서

　　이리저리 흔들리며

꿈꾸면서

내내
그렇게
달까지.

햇살과 함께

나무에 머리를 기대자
오후 햇살이 내게 내려앉아
감고 있는 눈꺼풀 안쪽에도
노을빛이 어린다.

진송이 언제 돌아갈 거냐고 묻는다.

난 안 갈 거다.
절대로 떠나지 않을 거다.
여기서 영원히 살 거다.
    계속 계속

여기 공원에서
    햇살과 함께.

"집으로 안 돌아가면"
진송이 설명한다.
"선물을 줄 수가 없는데."

눈을 번쩍 뜨니
다시 계피색 눈동자가 보인다. "선물이 또 있어?"

진송이 내 손을 잡고
일으켜 세운다.
"그럼,
네가 좋아할 거야."

내가 만든 격언

때때로 인생은 멋지다. 하지만 때로는 망치로 당신을 박살내 버리기도 한다.

떨어져 내리다

진송과 나는
걸어서 아파트에 도착했다.
　　늘 그랬던 것처럼,
학교가 끝나자마자 바로 집으로 온 것처럼,
세 시간 전에
끝난 게 아닌 것처럼.

엄마가 딱정벌레에서 나온다.
걱정과 화가 뒤섞인
엄마의 표정을 보자
　　나는 그만 떨어져 내리고 만다.
솜사탕 구름에서
흙바닥으로.

"어디 갔다 온 거니?"

짐

내가 집에 오면
짐을 다 싸고
떠날 준비를 해 놓겠다는
엄마의 말은 농담이 아니었다.

"잠깐 걷다 왔어요." 엄마에게 말한다.
"진송이랑 같이 걷다 왔어요."
뒤를 돌아보니 진송은 이미 없다.

"일단, 차에 타자. 늦었어."

언제부터 엄마가
늦는 것에 대해서 신경을 쓰셨나?
"진송한테 작별 인사는 해야죠."

"작별 인사 하느라고
여태 있다 온 거잖아.
르노가 우릴 기다린다고. 지금 출발해야 돼."

나는 뒤로 물러선다.
엄마에게서
딱정벌레에게서.

"싫어요!" 내가 소리친다.
"작별 인사 없이는
안 간다고요!"

자리가 없어

엄마의 입이 죽은 생선처럼 떡 벌어졌다.
하지만 소리 지른 것에 대해서 미안한 마음이 안 든다.

진송이 뭔가 엄청 크고
하얀 것을 들고
15호에서 나온다.
주차장으로 난 계단을 급히 내려오더니
그 크고 하얀 것을 돌려세운다.

토끼다!

진송이 솜을 넣은 토끼 인형을 건네준다.
커다란 갈색 눈에
내 팔만큼이나 긴, 펄럭이는 귀를 가진 토끼 인형을.
"너를 위한 거야." 진송이 말한다.

날 위한 거
날 위한 거
날 위한 거

엄마가 토끼 인형을 슬쩍 보더니
"귀염아, 그걸 실을 자리는 없다."

내기할까요?

"토끼 인형 실을 자리는 있어요.
    이 토끼 인형을.
    차 안에 실을 자리 말예요.
바로 여기
    내 엉덩이 아래요."

나를 잊지 마

나도 진송에게
뭔가 주고 싶다.

'나를 잊지 마'라는 꽃말을 지닌 물망초 꽃다발 같은 걸.
하지만 없어서,

나는 가방에서
행운의 펜을 꺼내

진송의 손등에
내 이메일 주소를 적어 준다.

진송이 얼굴을 구기고
나를 내려다본다.

"잘 가." 진송이 말한다.
"잘 있어." 내가 말한다.

나는 토끼 인형 고맙다고 말하고,
계피색 눈에서

눈을 뗀다.
영원히.

그 여자애

떠나는 캘리를 지켜보는 게 정학을 당하는 것보다 더 고통스럽다. 콧구멍 안쪽에 여드름이 난 것보다 더 아프다. 야구공에 사타구니를 맞은 것보다 더 지독하다.

사람들은 왜 이사를 가는지 모르겠다. 자신들이 살아온 삶을 꽁꽁 싸서 완전히 새로운 장소에 던져 버리는 일이 재미있을 리 없을 텐데. 나는 같은 집에서 12년을 살았다. (그래서 나는 행복하다.)

손등의 잉크 자국을 쳐다본다. 손가락으로 글자를 따라 써 본다.

"괜찮니, 아들?"

안으로 들어가자 엄마가 물어보셨다. 나는 엄마의 거대한 배를 밀치고 지나면서, 두 팔을 벌려서 으쓱해 보이고 내 방으로 향했다. 괜찮냐고? 당연히 안 괜찮지.

책장에서 아무 책이나 골라서 펼쳤지만 집중할 수가 없다. 종린이랑 비디오 게임을 하고 싶은 마음도 들지 않았다. 엄마가 저녁 준비를 하시는 걸 돕고 싶은 기분도 아니고.

잠시 현관에서 서성이다가, 결국 컴퓨터 앞에 앉아서 캘리의 이메일 주소를 쳐 넣었다.

모든 것

침묵
고요
적막.
들리는 소리라곤
부드럽게 달리는
자동차 소리와
모든 것을
남겨 두고 떠나 온
소녀가 간혹 훌쩍거리는 소리뿐.

떠돌이들

고대 그리스인들은 행성을

플래너토이라고 불렀다.

"떠돌이들"이라는 뜻인데
행성은

고정된
한자리에
머물지
않기 때문이다.

행성은 쉬지 않고 움직이며
별들 사이를 떠돈다.

나처럼.

라스베이거스로 가는 길

자동차를 탄 지 30분
집에서 출발한 이후로
둘 다 아무 말도 없다가
처음으로 내가 한 말,

"화장실 가고 싶어요."

엄마는 네바다주 메스키트에 있는 첫 번째 출구로 빠져나와
주유소에 차를 세운다.
같이 딱정벌레에서 내리면서
엄마가 말한다. "빨리 갔다 오자."

아마도 내가 너무 서둘렀나 보다.
다음 순간,

쾅!

내 엄지손가락이

문에

끼었다.

대칭으로 만들기

엄마가 서둘러 와서
문을 열더니
    나를 안았다.
"얼음 좀 가져오마."

엄마가 간 동안
나는 노력했다.
정말로
온 힘을 다해서
하지
않으려고
노력했다.
내가 하고 싶은 것을,
내 머리가 내게 하라고
시키는 것을.

하지만 그 충동이 점점
    더 강해지고
강해지고
    강해졌다.

고통스럽더라도
    그렇더라도
양쪽 손가락을 대칭으로
        만들어야 했다.

나는 문을 열고
다른 쪽 엄지손가락을,
　　다치지 않은 쪽을
문틈에 끼우고

쾅!

이메일 1

보낸 사람: fortheloveofbaseball@gmail.com
받는 사람: gimmesomespace27@gmail.com

제목: 안녕

네가 이제 막 떠난 건 알지만(그래서 한동안은 이 메일을 못 읽겠지만), 너무 심심해서 말이야.

잘 지내니? 새집은 어때? 나는 내일 오후에 리틀 리그 선발전이 있어. 로열스 팀에 뽑혔으면 좋겠다.

가능할 때 답장해 줘.

진송

이런 짓

엄마가 컵 가득 얼음을 가지고 돌아왔다.
다른 쪽 손가락에 내가 한 짓을 보자
엄마가 짜증을 내면서
주먹으로 딱정벌레의 옆면을 쾅쾅 친다.
"대체 왜?" 엄마가 작은 소리로 물었다.
"도대체 왜 이런 짓을 하는 거니, 칼리오페?"

"해야 했으니까." 아파서 어쩔 줄을 몰라 하며 내가 말한다.

"아니." 엄마가 말한다.
"하지 말았어야 했어." 엄마가 말한다.
"너를 이해 못 하겠다." 엄마가 말한다.

나는 엄마 면전에다 대고 문을 쾅 닫고, 그건 엄마가
한 번도 이해하려고 노력해 보지 않았기 때문이라고 말해 준다.

진절머리 나는 일들

메사[*] 너머로 작열하던 태양이 사라진다.
엄마의 기분을 맞춰 주려던 내 열망처럼.

내가 한 일에 대해서
미안하다고 할 수도,
　　내 감정을
늘 하던 대로 계속 숨길 수도 있었다.
하지만 그래서 이제까지 잘된 게 뭐가 있지?

엄마도 딱정벌레에 타서
시동을 켜려고 열쇠를 꽂는다.

깊게 숨을 들이마시고
내쉬자
많은 말들이

공
　　중
　　　　제
　　　　　　비
넘듯이 한꺼번에 쏟아져 나온다.

"틱을 숨기는 것에 진절머리가 나요.
허구한 날 돌아다녀야 하는 것도 진절머리 나요.
엄마가 매번 남자친구를 갈아 치우는 것도 진절머리 나요.
엄마가 내 것들을 다 없애 버리는 것도 진절머리 나요.

내 머리카락
내 집
내 친구
내 삶을요."

나는 등을 꼿꼿이 세우고
엄마 쪽으로 몸을 돌렸다.
"그리고 난 이제 머리카락을 뽑지 않으니까,
머리를 자를 필요도 없다고요,
아시겠어요?

내 머리카락은 내 거예요.
엄마가 내 머리카락을 자르는 거 정말 싫었다고요!"

* 꼭대기는 평평하고 등성이는 벼랑으로 된 언덕으로, 미국 남서부 지역에 흔하다.

결혼

엄마는 운전대를 응시한 채
이맛살을 찌푸린다.

나는 다시 목소리를 높였다.

"그리고 어쩜 나한테 한마디 말도 없이
결혼을 할 수가 있어요?
그래도 괜찮은지
전화라도 한 통 할 수 있었잖아요!
아니면 학교가 끝날 때까지 기다렸다가,
그 사람을 먼저 소개라도 해 줄 수 있었잖아요.

르노라는 아저씨가 살인자일지 누가 알아요!

그런데도 나는 그 사람이랑 같이 살아야 해요?
엄마가 그 사람을 좋아하기 때문에
내 삶을 온통 바꿔야 해요?

아니, 그 아저씨를 좋아하기는 해요?
아니면 그냥 그 아저씨의 돈이 좋은 거예요?"
엄마가 울음을 터뜨리는 바람에
나도
그만
울음을 터뜨리고 말았다.

화장지를 선택하다

토요일 아침 만화를 보고 있는데, 엄마가 불쑥 말씀하셨다.

"페퍼민트 오일로 내 발을 마사지해 줄래, 아니면 자전거 타고 놀런 슈퍼마켓에서 가서 화장지를 사 올래? 둘 중에 선택해."

나는 화장지를 선택했다.

놀런 슈퍼마켓에서 돌아오는 길에 밝은 초록색 집을 지났다. 이전에도 수없이 봤던 집이지만, 한 번도 가보지는 않은 집이다. 케니 건이 그 집 입구 쪽에서 기어 다니면서 땅을 뒤지고 있었다. 나는 끼이익 미끄러지며 자전거를 멈췄다.

"어이, 뭐하냐?"

케니가 고개를 홱 든다.

"진송, 안녕. 복합 광학 현미경이 새로 생겼거든. 그래서 그걸로 볼 만한 것들을 모으고 있어. 너도 같이 찾아볼래?"

선발전은 1시고, 별로 할 것도 없어서 엄마에게 전화해서 좀 있다 가도 되냐고 물었다. 엄마는 괜찮다고 했지만 너무 오래 있지는 말라고 하셨다. (종린이 곧 화장지가 필요하게 될 테니.)

케니와 나는 연못 물과 개털과 잎 진드기를 관찰했다. 재미있는 것들을 많이 알게 됐지만, 그중에서도 최고는 케니 건이 진짜 우리 학교에서 최고로 멋진 녀석이라는 걸 알게 됐다는 점이다.

르노 아저씨의 집

르노 아저씨의 집은

크다.
거대하다.
어마어마하다.

너무 어마어마해서
근 이틀 동안을 돌아다녀도
사람 구경을 못 했다.
그래서

나는
좋다.

엄마에게 할 말도
남아 있지 않다.

약속

일요일 저녁
엄마가 내 방문을 두드리고
들어왔다.
들어와도 된다고 하지도 않았는데.

"미안해, 귀염아. 진짜로, 미안해."
엄마가 방을 가로질러
내 새 침대에 앉는다.
　　박스 스프링이 맨 밑에 놓이고
　　공기가 아니라
　　진짜 매트리스가 깔린
　　진짜 침대에.
"네가 변화를 싫어하는 거 알면서도" 엄마가 말한다.
"많은 변화를 겪게 했지."

엄마가 내 머리를 쓰다듬으려고 했지만
나는 고개를 돌려 피한다.
커다란 내 토끼 인형을 꽉 끌어안고
밝게 빛나는 도시의 불빛을 바라본다.

"엄마를 용서해 줄래?" 엄마가 묻는다.

"이사 그만 다닐 수 있어요?" 내가 묻는다.

내가 20까지 숫자를 세고 나서야
엄마가 대답한다.

"르노랑은 계속 잘 지내겠다고
엄마도 장담할 수 있으면 좋겠다.
이 사람은 그럴 것 같은 느낌이 들어. 그러길 바라."

눈물 한 방울이
코로 흘러내려
내 베개 위로 툭 하고 떨어진다.

이해

엄마는 아마 날 이해 못 하실 거다.
하지만 나도 엄마를 이해하려고
애써 본 적이 없다.

그리고 어쩌면
엄마가
나를 바꿀 수 없는 것처럼
나도
엄마를 바꿀 수 없을 지도.

엄마가 혼자서는 견딜 수 없고,
남의 떡이 커 보인다는 사실을
알지 못한다는 것을
바꿀 수 없을지도 모르겠다.

엄마가 내 틱을 없애 버리거나,
내가 어떤 정해진 순서대로만
음식을 먹어야만 하는 강박을 없애 버릴 수 없는 것처럼.

나는 똑바로 앉아서
엄마의 목에 팔을 감았다.
"나도 아저씨가 그랬으면 좋겠어요."

또다시, 돌 수집품 업데이트

1. 우리집 뒷마당에서 주운 화강암(워싱턴주 스포캔)
2. 길에서 주운 초록빛이 도는 파란 돌(워싱턴주 리츠빌)
3. 오래된 강바닥에서 주운 조약돌(워싱턴주 왈라왈라)
4. 하이킹을 하다가 발견한 현무암(오리건주 베이커시티)
5. 선생님이 주신 부석 조각(오리건주 벤드)
6. 놀이터에서 주운 자갈(아이다호주 보이시)
7. 공원에서 주운 석회암(아이다호주 포커텔로)
8. 옆집 마당에서 주운 용암석(유타주 로건)
9. 그레이트솔트호수의 소금 결정체(유타주 솔트레이크시티)
10. 치과 앞에서 주운 빨간 사암(유타주 세인트조지)
11. 암석 상점에서 산 자수정(네바다주, 라스베이거스)
12. 달의 암석?(달)

내가 커서

대학에 가고
　　학위를 따서
달까지 항해하게 되면
　　기쁘겠지.
그러면 정착해서

한
마을에서만
머물러야지.

머리가 내 이름처럼 새하얗게 될 때까지
내 피부가 건포도처럼 쪼글쪼글해질 때까지.

비

과학 시간에 캘리의 텅 빈 자리를 뚫어져라 쳐다봤다. 집중해서 노려보면 캘리가 나타날지도 모른다는 생각으로.

하지만 캘리는 나타나지 않았다.

로크 선생님이 '익스페리멘탈(실험적인)'이라는 긴 단어를 말하자, 캘리가 있었다면 여러 번 따라 했겠다는 생각을 하지 않을 수 없었다. 캘리를 놀리는 아이가 있다면 이번에는 못하게 뭐라도 할 텐데.

"두세 명씩 짝지어서 모둠을 만드세요."

로크 선생님이 말씀하셨다. 수에 맞춰 의자에 앉느라고 교실이 소란스러워졌다.

건너편에 있는 케니를 흘깃 봤더니, 케니도 나를 보고 손을 흔들어서 나는 연필을 쥐고 일어섰다. 걸어가면서 보니 베아트리스는 아직 자기 자리에 그대로 앉아 있었다. 베아트리스가 캘리가 코팅해서 갖고 있던 양귀비 같은 것을 들고 있다. 저걸 어디서 했지?

나는 걸음을 늦췄다.

"비, 안녕?"

베아트리스가 고개를 들더니 킥 웃었다. (코웃음에 가깝게 터져 나왔다.)

"비?"

베아트리스가 코를 찡긋거렸다.

"나를 그렇게 부른 지가……."

"방방장에 갔을 때 이후로 처음이지."

베아트리스가 고개를 까닥였다.

"으음."

베아트리스가 양귀비를 슬쩍 보고는 다시 나를 봤다.

"그래서 짝은 구했어?"

내가 케니 쪽을 돌아보고 동의를 구했다.

"응……, 케니 건이랑 짝하려고. 너도 알지? 그런데 우리 모둠에 똑똑한 여자애가 하나 더 있으면 완전 좋지."

존셰퍼드 중학교

나는 열한 번째 새 학교 건물 앞에
서 있다.
"나 좀 내버려 둬" 티셔츠와
르노 아저씨가 사다 준
새 청바지를 입고.

엄마가 딱정벌레에서 나와
내 옆에 선다.
엄마가 내게 팔을 두르고
나와 함께
안으로 들어간다.

엄마는 이제 르노 아저씨랑 같이 일한다.
내일 아침부터,
거대한 호텔에서 열리는
성대한 결혼식에 쓸
꽃을 다듬고 장식할 것이다.

오늘 엄마가 같이 와 줘서 기쁘다.
전에도 열 번이나
해 봤지만

여전히 겁이 나기 때문이다.

먹이 시간

엄마가 서류들에 서명을 하고 나서,
내게 뽀뽀를 날린다.
나는 잡아채는 시늉을 한다.

언제나처럼.

엄마가 걸어가고
나는 다른 쪽 길로 걸어간다.
막 일곱 걸음을 떼는데,
삑 하는 소리가 길게 울리더니
텅 빈 복도로
수백 명의 아이들이 쏟아져 나온다.
동물원의 먹이 주는 시간처럼.

나는 벽에
등을 바짝 붙인다.

넘어져
　　짓밟히지
　　　　않도록.

길을 잃다

걷는다
가만히
　　무리를 따라.

멈추고
자세히 본다
　　행정실에서 준 지도를.

사물함들이 쾅 닫힌다.
　　복도는 텅 비어 가고.

묻는다
남자애에게
　　내가 안 보이는 것처럼 행동하는 아이에게.

이러저리 헤맨다
뒤로 돈다
　　뱅뱅 돌다가.

포기해 버린다
　　울지 않으려던 다짐을.

어떡하지?

콘크리트 벽에 기대니
기다렸다는 듯이 눈물이

떨

어

져

목을 타고 흐른다.
내가 미처 알아차리기도 전에
머릿속에서 어떤 장면들이 상연되고 있다.

나는 몇 시간 동안 복도에서 헤매다가
화장실을 찾지 못해서 바지가 젖어 버린다.
학교 보건실 선생님이
분실물 센터에서 가져온 옷을 입게 하고
내 속옷은 마르게 창문에 걸어 두는 바람에
나는 전학 온 첫날에 오줌을 싼
이상한 여자애라고 영원히 알려지고…….

이메일 2

보낸 사람: fortheloveofbaseball@gamil.com

받는 사람: gimmesomespace27@gmail.com

제목: 안녕

지난번 내 메일을 받았는지 모르겠네. 금요일에 보냈는데. 이 메일 주소가 맞기를 바라. 기술 수업 시간에 이 메일을 쓰고 있어. 새 학교는 어떠니? 수업은 뭘 들어? 선생님은 마음에 드니? 질문이 너무 많아서 미안.

말할 게 있는데, 맞춰 볼래? 나 로열스 팀의 새 투수가 됐어! 덩컨이랑 나일은 둘 다 다른 팀으로 갔어. 음, 맥케이브 선생님한테 들키기 전에 그만 써야겠다.

보고 싶어.

진송

거꾸로 들고

문이 닫히는 소리, 그리고 내 뒤로 발자국 소리가
점점 더 가까이, 점점 더 느리게 다가온다.

"도와줄까?"
아이 목소리 같다.

나는 눈물을 훔치고 뒤돌아
아무 말 없이 그 여자애에게 지도를 내민다.

"아, 여기 처음인가 보구나." 여자애가 말한다.
그 애가 눈을 가늘게 뜨고 지도를 보더니,
오른쪽이 위로 가게 돌린다.

내 머리를 쥐어박는다. 이런 바보.
내내 잘못 들고 있던 거다.

"가자. 내가 길을 알려 줄게." 그 여자애가 웃는다.
그런데 길을 알려 주기도 전에 손뼉을 치면서 말한다.

"어머머! 티셔츠 너무 예쁘다!"

우리는 걷고, 걷고, 말하고 또 말했다.
옥수수 밭에 난 거대한 미로를 탈출하는 두 친구들처럼.
계속 그러고 싶었지만, 마침내 우리는 멈췄다.
많은 사람들을 마주하고 싶지 않다.

페이지는 한 시간 뒤에 여기서 만나서
내가 오늘 갈 교실들을 다 알려 주겠다고 했다.

315호

315호 문을 두드리고
살며시 손잡이를 돌려서
민다.

심장 소리가 귓전을 때리고
얼굴은 베아트리스의 사물함에 넣어 두고 온
양귀비만큼이나 빨개진 것 같다.

나는 다섯을 세면서 숨을 들이마시고
다섯을 세면서 내쉰다.
얼굴을 들이밀고
교실을 둘러보며 선생님을 찾는다.

아, 여기에 진송이 있다면
얼마나 좋을까.

나와 같이

"안녕." 선생님이 말씀하신다.
"잘 찾아와서 다행이다."

네, 가까스로요.
나는 교실을 가로질러 쪽지를 전한다.
선생님이 읽는 동안, 나는 반 아이들을 향해 서서
또 한 번 숨을 들이마시고
내쉰다.

"나는 칼리오페 스노우라고 해."내가 말한다.
"근데 그냥 캘리라고 불러 줘.
나는 유타주, 세인트조지에서 왔어."

입술을 핥는다. 엄청 짜다.

"나는 편한 옷을 좋아하고
멋진 돌을 수집해.
그리고 언젠가
달에 가 본 최초의 여성이 될 거야."

목구멍에서 이상한 소리가 나고
팔이 갑자기 위로 휙 들린다.

말해.
말해, 칼리오페.
하라고!

"나는 투렛 증후군이라는
신경 계통의 장애가 있어.
들어 봤지?
가끔 내가 의도한 게 아닌데
얼굴을 찡그리거나 소리를 낼 때가 있어.
그러니까…… 내가 개구리 소리를 내더라도
그냥 무시해 줘, 알았지?"

내가 웃자,
스물아홉 명의 아이들도
나와 같이 웃었다.

답 메일

보낸 사람: gimmesomespace27@gmail.com
받는 사람: fortheloveofbaseball@gmail.com

제목: 진송!!!!!!

새 학교는 엄청 커.
르노 아저씨의 집도 그렇고.

로열스 팀에 들어간 거
축하해!
진짜 완전 근사하다.

참, 좋은 뉴스가 있어.
엄마가 6월 첫째 주말에 세인트조지에
갈 수 있대.
그때쯤이면
네 아기 동생도 태어났겠다.

나도 보고 싶어.

사랑을 담아, 캘리

추신: 달에 대해서 알려 줄까?

네가
지구 어디에 있든
달은 언제나 똑같게 보여.

지은이의 말

어렸을 때는, 내가 투렛 증후군을 앓고 있다는 것도 몰랐답니다. 투렛 증후군은 자기도 모르게 몸을 움직이거나 소리를 내는 특징을 가진 신경학적 장애예요. 심지어는 내가 하던 이상한 행동들 즉, 얼굴을 찡그리거나 과호흡을 하거나, 눈동자를 위로 굴리거나, 단어를 반복해서 말하거나 아니면 내가 가장 싫어하는 것인데 공기를 들이마시는 것(꼭 개구리 소리 같았죠)들을 틱이라고 부른다는 것도 몰랐어요. 나는 그저 내가 이상하다고만 생각했어요. 정말 이상하다고요. 사실 나는 내가 여태까지 만나 본 사람들 중에 가장 이상한 사람이었어요. 그래서 부끄러웠어요. 얼굴 틱을 가리려고 손으로 코 푸는 척을 한 적도 많았어요. 한번은 친구가 내 틱 증상을 보고 진심으로 걱정하며 괜찮냐고 물었는데, 나는 설명하는 대신에 울면서 방을 뛰쳐나가 버리고 말았죠.

어른이 되어서야 투렛 증후군 진단을 받았어요. 그런데 신경과 전문의 선생님은 나는 보고 이렇게 말씀하셨어요. "내가 당신이라면 투렛 증후군이 있다고 남들에게 알리지 않을 겁니다." 그래서 내가 물었어요. "왜죠?" 그랬더니 선생님이 이렇게 대답하셨어요. "투렛 증후군은 사람들이 아주 잘못 알고 있는 장애거든요. 당신에게 투렛 증후군이 있다는 걸 사람들이 알게 되면, 아마 당신을 다르게 대할 겁니다."

여러 날 동안 나는 의사 선생님이 했던 말에 대해서 깊이 생각해 봤어요. 그리고 선생님의 말은 반만 맞다는 걸 깨달았죠. 투렛 증후군이 지금은 무척 오해받고 있는 장애라는 것은 맞아요. 하지만 내가 그것에 대해서 침묵한다면, 그것이 오히려 더 그런 오해를 공고히 하는 데 기여하는 게 아닐까요?

그래서 나는 무척 두려운 일을 하기로 결심했어요. 내 증상을 가족들과 친구들, 심지어는 처음 보는 사람들과도 공유한 거예요. 기분이 아주 좋았어요. 모든 것을 숨기지 않고 그대로 내버려 두는 것이요. 아주 조금이라도 이해받는 기분 말이에요. 그게 모든 사람들이 원하는 것이 아닐까요? 아주 조금이라도 이해받는다고 느끼는 것 말이에요.

그래서 나는 이 책을 통해서 독자 여러분이 투렛 증후군에 대해서 좀 더 잘 이해하고, 자신이 말하고 행동하는 것을 온전히 제어할 수 없는 사람들의 기분에 대해서도 좀 더 잘 알게 되었으면 좋겠어요. 그리고 투렛 증후군을 앓는 사람들은 확실히 드러나는 것이든 아니든 간에 적어도 하나 이상의 틱이 함께 온다는 것도 말이에요. 캘리의 경우에는 탈모벽(머리카락 뽑기)과 강박장애(특정한 방식대로 음식 먹기, 침투적인 사고하기, 대칭적으로 똑같이 만들기) 그리고 염려증(모든 것에 대해서 걱정하기)을 동시에 갖고 있어요. 여전히 나도 공공장소에서는 투렛이 있다는 것을 숨기려 하기도 해요. 하지만 나는 두려워하지 않는 법을 배우는 중이랍니다. 이대로의 나도 괜찮다는 것을 배우고 있는 중이죠.

하나 더 덧붙이고 싶은 건, 캘리의 틱과 충동들은 나의 경험에 기초한 것이고, 다른 모든 사람들이 그렇듯이 투렛의 증상도 사람마다 다르다는 거예요. 다르다는 건 좋은 거죠. 여러분을 다른 사람과 다르게 만들어 주는 것을 꼭 껴안아 주세요. 그리고 그걸 세상에 내보이는 걸 두려워하지 마세요.

나는 달에 갈 거다

1판 1쇄 발행 2017년 11월 7일
1판 2쇄 발행 2019년 5월 20일

지은이 엘리 테리
옮긴이 이은숙
펴낸이 남영하

편집 김영아 한경애 **디자인** 박규리 **마케팅** 오다은

종이 세종페이퍼 **인쇄** 미광원색사

펴낸곳 ㈜씨드북 **등록** 제2012-000402호
주소 03997 서울시 마포구 월드컵로16길 52-23
전화 02) 739-1666 **팩스** 0303) 0947-4884
홈페이지 www.seedbook.kr **전자우편** seedbook009@naver.com
인스타그램 instagram.com/seedbook_publisher
페이스북 facebook.com/seedbook.kr

책값은 뒤표지에 있습니다. 잘못 만들어진 책은 구입하신 서점에서 바꾸어 드립니다.

ISBN 979-11-6051-141-3 (43840)

이 도서의 국립중앙도서관 출판예정도서목록(CIP)은 서지정보유통지원시스템 홈페이지(http://seoji.nl.go.kr)와
국가자료공동목록시스템(http://www.nl.go.kr/kolisnet)에서 이용하실 수 있습니다.
(CIP제어번호: CIP2017026420)